흐르는 눈물은 닦지 마라

조연희
지음

흐르는 눈물은 닦지 마라

쌤앤파커스

내 청춘은 근시였다

안경점 옆을 지나다 '다초점 렌즈'라는 글씨를 보았다. 초점이 많은 렌즈라니. 초점이 많으면 난독의 세상, 좀 더 잘 볼 수 있을까.

내 청춘은 근시였다. 알고 싶은 것도, 보고 싶은 것도 많아서 늘 꿈을 쫓았다. 내 눈동자는 종종 혼자서 산등성을 넘어갔다. 그래서 먼 곳이 잘 보이는 안경을 썼다. 꿈 희망, 미래 등에 더 많은 시선을 빼앗기던 시절이었다.

요즘 나는 원시이다. 먼 곳의 글씨는 잘 보이는데 가까운 글씨는 잘 읽지 못한다. 머리를 뒤로 빼거나 팔을 최대한 뻗어 글자와의 간격을 멀리해야만 독해를 할 수 있다. 내 눈이 줌아

웃이 안 되는 렌즈처럼 굴기 시작한 것이다. 코앞의 현실에만 연연하는 나에게, 세상과 한 발 떨어져 여유를 가지라고 내 눈이 조언하는 듯하다.

이 글은 지나간 내 청춘에 대한 고백이고, 그 백발의 청춘에 대한 장례이다.

너무 멀리 달아난 청춘을 복기하다 보니 자전적인 사실Fact에 상상imagination을 보탤 수밖에 없었다. 이 책의 장르를 굳이 정의해보라면 팩션Faction정도가 될 것이다.

이 책을 영원히 보내고 싶지 않은 어머니에게 바친다.

일산에서 조연희

목차

제 1 부

기억은 늘 한 모퉁이에서 배양된다

곽리자고는 왜
자살을 지켜만 봤을까?

물안개가 자욱이 피어오르던 새벽. 산봉우리엔 삿갓구름이 걸려 있고 빗질한 듯 단정하게 흘러내린 골짜기를 휘감으며 강이 흐르고 있다. 여자의 날카로운 울음소리가 한 폭의 수묵화 같은 풍경을 깨트린 것은 그때였다. 봉두난발의 한 사내가, 여자의 손길을 뿌리치며 강물 속으로 저벅저벅 걸어 들어갔다.

임이여, 물을 건너지 마오 公無渡河
임은 그예 물을 건너시네 公竟渡河
물에 휩쓸려 돌아가시니 墮河而死
가신 임을 어이할꼬 當奈公何

다들 눈치채셨을 것이다. 이 노래는 고대가사 '공무도하가公

無渡河歌'이다. 여자도 이 노래를 부르면서 백수광부의 뒤를 따라 강물 속으로 들어갔다. 그러나 정작 나의 관심을 끈 것은 그도 아내도 아니었다. 강기슭 한켠에서 조용히 배를 손질하던 사내. 바로 뱃사공 곽리자고였다.

그날 새벽 강가에는 세 사람이 있었다. 백수광부와 그의 아내, 그리고 뱃사공 곽리자고. 사실 '공무도하'의 사연이 널리 전해진 것은 곽리자고에 의해서였다. 부부의 슬픈 죽음을 목격한 곽리자고가 부인인 여옥에게 말하고, 여옥이 이웃들에게 이 사실을 알리면서 세상에 널리 전해지게 되었다.

그런데 왜 곽리자고는 강속으로 들어가는 백수광부와 그의 아내를 지켜보고만 있었을까. 도대체 그 이유는 무엇이었을까? 어쩌면 곽리자고는 힘이 약하거나 용기가 없는 사내였을지도 모른다. 아니면 새벽 강가에서 벌어진 그 아름다운 행위예술에 압도당해 꼼짝할 수 없었던 것일까. 그것도 아니면 아무것도 할 수 없었던 자신의 무능력을 탓하며 이를 악물고 새벽 강의 슬픈 사연을 그냥 응시만 했던 것인지도 모른다.

그 후 양심의 가책에 괴로워하면서 그들의 슬픈 사연을 세상에라도 알려야겠다고 결심했는지도 모른다. 사실 곽리자고가 아니었다면 '공무도하가'가 어떻게 세상에 알려질 수 있었을까. 그는 가만히만 있지 않았다. 곽리자고는 '응시'했다. 그리고 전파했던 것이다.

언제부턴가 나는 아랫입술이 터질 정도로 입술을 깨물면서 눈을 부릅뜨는 버릇이 생겼다. '다 볼 거야. 똑똑히 다 볼 거야. 하나도 남김없이 기억할 거야.' 나의 저항은 끝까지 보는 거였다. 힘없고 용기 없는 내가 할 수 있는 유일한 저항은 낱낱이 '응시'하는 거였다.

직업군인이었던 아버지는 군수물자를 빼돌린 부하 때문에 전역하게 되었다. 월남전에 참전한 후 그곳에서 허리뼈가 부러졌는데도 살아 돌아올 만큼 의지가 강했다. 전역 후에도 아버지는 군무원으로 국가에 대한 '충성심'을 이어갔다. 아버지 앞에서 대통령을 욕한다거나 정부 시책을 비난하는 것은 있을 수 없는 일이었다. 배신을 모르는 아버지는 마치 잘 훈련된 군견 같았다. 그런 아버지가, 국가유공자였던 아버지가 왜 노름에 미쳐 파친코(슬롯머신)를 하게 되었는지….

아버지는 지금의 비정규직이었다. 당시 정부 시책에 의해 권고사직을 당하게 되었고 아마도 그것이 파친코에 빠진 원인이 되지 않았을까…. '노름'은 놀음놀이의 준말이다. 아버지는 평생 놀지 못한 것을 한꺼번에 보상받으려는 듯 파친코에 빠져 있었고 언니와 엄마가, 그런 아버지를 찾아 동대문 일대를 헤매곤 했다.

가장 힘들었던 건 아버지가 은행에서 융자 받은 우리의 학비까지 파친코 기계에 처넣었을 때다. 힘으로는 도저히 당해낼 수 없었던 나는 눈물을 흘리며 증오의 눈빛으로 노려볼 수밖에 없었다.

'다 기억할 거야, 다 응시할 거야….'

백수광부는 왜 강 속으로 들어갔을까? 중학교 때인가, 선생님은 '공무도하가'의 지은이가 여옥이란 사실만을 강조하며 백수광부 따위는 간과해버렸다. 대학에 들어가 〈한국문학통사〉를 읽다 다시 백수광부와 맞닥뜨리게 되었는데 백발의 그 광인이 무당이라고 했다.

고조선이 국가체제를 확립하면서 제정일치 사회에서 난립

한 무당들을 정리했을 것으로 보이는데, 당시 백수광부는 국가의 '공익무당'이 되지 못한 '민간무당' 중의 하나였을 것으로 추측했다. 말하자면 그는 고조선이라는 나라로부터 물먹은 무당이었던 셈이다. 제도권에서 거세된 비주류. 배격당한 민간무당으로서 강물 속에 투신한 인물이었다.

어쩌면 아버지는 우리 시대의 백수광부인지도 모른다. 그리고 그 곁에서 아버지를 말리던 엄마와 언니, 그들을 곽리자고처럼 응시만 하던 나.

때때로 응시자는 당사자도 보지 못하고 남들도 보지 못하는 그 이상의 것을 볼 때가 있다. 세상이 가지고 있는 깊은 비밀을 목격할 때도 있다. 그래서 응시자는 '불편한 진실'을 알고 있다.

이 글들은 그 응시의 기록이 될 것이다.

워킹푸어,
별이 되고 싶었던….

기억은 언제든지 배양될 수 있다는 의미에서 보면 활성화되지 않은 줄기세포이다. 그러나 어떤 기억은 말단비대증처럼 성장을 멈출 줄 모른다. 내겐 낙산 아래 세워진 동숭시민아파트에서의 기억이 그런 경우다.

믿을만한 기록에 의하면, 1960년대 당시 서울시 인구 3분의 1 정도가 무허가 판자촌에서 살았다. 그래서 궁여지책으로 아파트를 짓기 시작했는데, 동숭 시민아파트는 1969년에 가장 먼저 지어졌다.

말이 아파트지 판잣집을 겹겹이 포개서 쌓아놓은 것 같았다. 도심에서 약간 벗어난 산비탈에 장벽을 두른 듯 졸속으로 짓다 보니 대부분이 부실 공사로 지어진 아파트였다. 비슷한 시기에 지어진 와우아파트의 경우에는 지은 지 6개월 만에 붕괴, 무려 33명의 사상자를 내기도 했다.

우리가 왜 동숭 시민아파트에서 살게 되었는지는 잘 모르겠지만 아마도 월남전에 참전해 적은 돈이나마 마련한 아버지가 서울살이를 시작하며 시민아파트를 선택한 듯하다.

아무튼 내 기억은 그 동숭 시민아파트에서 길을 잃은 것으로부터 시작된다. 3, 4 살 쯤 되었을까. 호기심에 아장아장 나서긴 했지만, 아니 기어서 나왔는지도 모른다, 뒤를 돌아보니 긴 회랑 같은 복도를 사이에 두고 직사각형의 대문들이 일렬횡대로 죽 늘어서 있는 것이 아닌가. 갑자기 공포심 비슷한 것이 몰려왔고 그 순간 나도 모르게 울음을 터트렸다. 그 획일적인 문들이 무서웠고 어디로 가야할 지 몰라 무서웠다. 내가 유독 '길치'인 이유가 그때의 트라우마 때문은 아닐까. 그때부터난 길을 잃을 운명이었던가 보다.

그 동네는 거대한 미로였다. 시민아파트에서 비탈진 가풀막을 오르면 낙산이 나왔다. 태조 이성계가 한양을 수도로 정한 후 1396년 도시를 방어하기 위해 한양도성을 축조했는데 산등성을 따라 이어지는 성 자락은 그 끝이 보이질 않았다. 이 낙산 옹벽을 기준으로 창신동과 동숭동이 나뉘었다.

성벽 중간쯤에 아치형 모양의 구멍을 통과하면 창신동이었다. 화강암으로 완강하게 둘러쳐진 옹벽 때문일까. 마치 잉여 인간들만 따로 모아 유배시켜놓은 듯했다. 능선 근처엔 목줄 없는 개들이나 알콜 중독자, 실업자, 절름발이, 상이군인들이 어슬렁거렸다. 그리고 곧장 따개비처럼 판잣집이 다닥다닥 붙은 산비탈이 이어졌고 사이사이엔 골목이 실핏줄처럼 얽히고설켜 있었다. 담이 없는 낮은 지붕이 빽빽하게 머리를 맞댄 골목에 들어서면 아줌마의 비명이, 양은 대야 찌그러지는 소리가, 공포에 질린 아이의 울음소리가 들려왔다. 그러나 그 불길한 소리는 이상하게도 이곳 풍경과 너무나도 잘 어울렸다.

그 소리에 이곳저곳 기웃거리다 보면 길을 잃기 일쑤였다. 사람 하나 간신히 걸을 수 있는 가파른 계단을 내려가면 꼬불꼬불한 골목이 끝없이 이어졌다. 다시 계단을 오르면 비슷한 또 다른 골목이 이어졌다. 같은 형태의 골목이었지만 어찌 보면 너무나 다른, 이상한 골목들이었다. 미로 같은 골목에서 길을 잃을즈음 고개를 들면 능선 위에 솟아 있는 성벽이 보였다.

날이 어둑해지면 조급한 마음에 옹벽을 기어오르기도 했다. 그러다 미끄러지길 몇 번. 그 시절 내 다리와 팔꿈치엔 늘 멍과 긁힌 상처가 나 있었다. 그래서일까. 이곳에서 유년을 보낸 난 추락할 꿈을 품거나 휘어진 못처럼 깊은 적개심을 내 안에 키우고 있었다.

내가 골목을 헤매는 동안 엄마는 종아리가 부어오르도록 미싱을 밟았다. 그러나 그녀가 온종일 미싱 위에서 발을 열심히 놀린 거나 내가 성자락과 창신동 골목을 늦도록 헤맨 거나 모두 제자리걸음이었다는 것을 당시엔 미처 몰랐다. 뫼비우스 띠나 로저 펜로스의 삼각형처럼 미로를 헤매며 제자리걸음을 반복하는 그런 삶도 있다는 것을.

그 여자네 집은 개미굴이었다. 새벽종이 울릴 때마다 허리가 짤록한 사낸 기역자로 꺾여 복도를 걸어 나갔고 가로등을 매달고 어두워져서 돌아왔다. 쥐며느리가 열심히 습기를 물어 나르던 동숭 시민아파트 28동 305호. 그곳에서 여자는 삐걱삐걱 온종일 부라더 미싱을 밟았다. 걸핏하면 적화야욕. 빨갱이처럼 불온하게 밥상을 물들이던 노을. 벽에 걸린 박정희 대통령의 사진 뒤로도 검은 곰팡이들이 스멀스멀 무례하게 피어나기도 했지만, 뭐 그 시절 배고픔은 고작 경제개발 5개년계획 같은 것이었으므로 사진틀 속에 비상금으로 꼬깃꼬깃 접어놓은 희망.

여자의 가난은 이제 매일 복리식으로 불어나고 있었다. 일찌감치 신용불량자가 된 사내 소인이 찍힌 압류경고장의 모습으로 구겨져 있었고 시대가 바뀐 줄도 모르고 그 여자, 아직도 '새벽종이 울렸네' 새 아침부터 저녁까지 삐걱삐걱 녹슨 다리를 구르고 있었다. 무저갱無底坑의 검은 밥상이여, 밥공기에 마른 밥알 모양 들러붙은 식구들. 이따금 섬유질 같은 슬픔을 쭉쭉 찢어먹다 왈칵 목이 메이기도 했다. 몇몇은 들것에 실려 나가기도 했지만 그들이 떨구고 간 땀방울은 죽음도 잊은 채 여전히 단순노동을 반복하고 있는, 동숭동 산127번지 산비알.

피곤에 지친 개미 한 마리 오늘도 제 몸뚱이보다 더 큰
먹이를 밀어 올리고 있었다.

- 졸시 '워킹푸어' 전문

그러나 산동네여서 좋은 점도 있었다. 아파트 베란다에서
내려다보면 서울 시내가 한눈에 보였다. 서울대학 병원을 중
심으로 높고 낮은 빌딩들이 발아래 목업처럼 펼쳐졌다. 특히
밤이면 도시의 불빛이 크리스마스트리나 밤바다에 떠 있는
집어등처럼 반짝였다. 그 불빛은 무척이나 설레는 것이었다.

이곳에 사는 아이들의 꿈은 어서 산꼭대기를 내려가 저 도
시에 합류하는 것이었다. 우리에게 별이란 하늘에 떠 있는 것
이 아니라 저 산 아래 반짝이는 것이었다. 음악이 흐르고 먹거
리도 풍성하고 사람들의 왕래가 잦은 저 산 아래. 직장과 학교
가 있는 저 산 아래. 조명이든 헤드라이트든 상관없었다. 산
아래서 반짝이는 모든 것이 우리에겐 별이었다.

그래서였을까. 부모가 일 나간 빈집에서 아이들끼리 놀다
베란다에서 떨어져 죽었다는 이야기도 종종 들렸다. 그러나

우리는 알고 있었다. 그 아이들은 떨어져 죽은 것이 아니라 별을 그리워하다 별 가까이 갔다는 것을.

서럽게 붉은
노을

집은 동숭동이었지만 이상하게 나만 창신동 너머에 있는 중학교에 배정되었다. 주소지를 중심으로 뺑뺑이를 돌려 학교를 배정받았는데 운이 없던 탓이다.

놀이 삼아 배회하던 낙산을 이제 매일 오르내리게 되었다. 그런데 이상한 습관이 하나 생겼다. 등하교 때마다 비스듬히 어깨가 기울어져 있는 절 앞에서 머뭇거리게 되는 것이었다. 주변의 풍경과 어울리지 않았기 때문인지도 몰랐다. 낙산의 가파른 산길을 따라 개골창 같은 길이 흘러 다니고 양쪽으로 전파사나 구멍가게, 떡볶이집들이 구불구불 늘어서 있었는데, 경사가 완만해지는 지점에 그 암자 한 채가 생뚱맞게 끼어 있었다. 어딘지 소복 입은 여인처럼 쓸쓸하고 외로워 보였다.

알고 보니 그곳은 정순왕후가 18세에 남편을 잃고 평생을 독수공방하다 생을 마감한 정업원淨業院이었다. 조선 오백 년의 역사에서 비극의 주인공을 꼽아보라면 단연 단종일 것이다. 숙부에게 왕위를 빼앗기고 유배지에서 객사한.

그러나 내가 보기에 단종보다 더 비극적인 삶을 산 이는 그의 아내 정순왕후였다. 그녀는 단종과 생이별한 후 이곳에서 매일 단종을 기다렸고, 단종이 죽은 후에는 날마다 동망봉에 올라 남편이 죽은 영월 쪽을 바라보며 울었다고 한다. 지금은 청룡사라 불리는 절 한구석에 정업원淨業院의 옛터였다는 비각만이 남아 있지만.

어떤 장소에서 자꾸 넘어진다면 그 장소에 깃들어 있는 분노 때문일 것이다. 또 어떤 장소가 유독 푸근하다면 그곳에서 나눈 사랑의 온기 때문일 것이다. 이상하게 그런 생각이 들었다. 낙산의 노을이 유독 서러운 것은 그녀의 한이 남아 있기 때문일 것이라고.

정순왕후는 옷감에 붉은 염색을 들여 생계를 이어갔다. 그래서 이 마을을 '자줏골'이라 불렀고 한양의 아낙들은 일부러 팔아주려고 자주 끝동을 달아 입었다. 그래서인지 이곳의 노을은 자줏빛 물감을 풀어놓은 듯 서럽게 붉은빛을 품어내었다. 자주 끝동 색 같은 황혼이 독거노인이 사는 쪽방이나, 연탄이 포개진 아궁이까지도 서럽게 물들였다.

어린 시절 이곳에서 매일 노을을 바라보던 난, 나도 모르게 정순왕후의 붉은 서러움을 수혈해버렸나 보다. 그래서 단벌의 청춘을 그렇게 붉게 물들이며 슬픔에 민감한 체질이 돼버렸나 보다.

그러고 보니 정업원淨業院이라는 뜻이 자못 의미심장하다. '업을 씻어내는 집'이라니. 생각해보면 가족이야말로 '정업원淨業院'이 아닐까. 누군가의 남편이 되고 아내가 된다는 것. 자식이 된다는 것. 슬프게 서로를 할퀴면서도 한집에 살아야 하는 인연이야말로 이생에서 업을 씻기 위한 길고 긴 푸닥거리가 아닐까. 그 시절 우리 집이야말로 '업장 소멸의 집'이었다.

엄마는 정순왕후도 아니면서 아버지가 들어오지 않는 집에서 밤낮으로 일 했다. 아버지의 외박이 길어질수록 엄마는 더 많이 일하는 듯 했다. 미싱 돌리는 것도 모자라 이불도 만들었는데 덕분에 집 안 가득 솜털이 가득했다. 홑청 위에 캐시밀론 솜을 평평하게 펴서 꿰맨 후 홀러덩 뒤집어 솜이 골고루 가도록 탁탁 털 때마다 플라타너스 씨앗 같은 솜털이 방안 가득 날렸다.

엄마는 낮동안 이불을 몇 채씩 만든것도 모자라 밤에는 파김치가 된 몸으로 봉제인형을 꿰맸다. 생각해보시라. 팔과 다리와 몸통이 몽땅 해체된 봉제 인형이 산더미처럼 쌓여 있는 모습을. 이상하게도 눈과 코, 입이 없는 인형들은 밤마다 마치 논개구리 울음소리를 내는 듯했다. 그때 알았다. 세상에서 가장 무서운 것은 죽음도 전염병도 아닌 가난이라고…. 가난은 때때로 논개구리 울음소리를 낸다고.

현실의 아버지는 먹구름을 몰고 올 때가 많아서 오히려 아버지가 없는 집이 편했다. 언니와 난 말을 나누다가도 아버지의 발걸음 소리가 들리면 뚝 끊고는 했다.

그런데 그날따라 엄마의 감정이 몹시 격앙돼 있었다. 이 인간이 어디서 죽었는지 살았는지… 화풀이하듯 인형의 눈알을 힘주어 꿰매던 엄마가 갑자기 밥을 먹고 있던 우리에게 소리쳤다. 너흰 목구멍으로 밥이 넘어가냐는 것이었다.

언니와 난 할 수 없이 아버지를 찾아 나섰다. 당시 아버지는 문관으로 군부대에 근무하고 있었다. 철모를 쓰고 완전 군장

한 위병이 수동식으로 연락을 했다. 아버지가 나오기까진 꽤 오랜 시간이 걸렸다. 그동안 난 부대 구석구석에 눈길을 주었다. 화단에는 채송화, 맨드라미, 사루비아 들이 흙먼지를 뽀얗게 뒤집어쓴 채 피어 있었다. 감청 빛 감나무 이파리 사이로 종감자 만한 시퍼런 열매가 다닥다닥 붙어 있었고 칼날처럼 번쩍이는 긴 햇빛이 하얀 왕모래 위로 튀어 오르고 있었다. 사위는 조용했다. 매미의 울음소리마저 고요함을 더해 줄 뿐, 아주 멀리서 들려오는 구령 소리조차 비현실적으로 느껴졌다. 그때 난 아버지가 농부였으면 좋겠다는 생각을 했다. 황동빛의 피부에 하얀 치아가 정갈한. 거친 손만큼이나 성실한 농부. 그렇게 묵묵하고 커다란 아버지. 따뜻한 아버지가 일궈놓은 화단 앞에 서 있는 것이라면….

그때일까. 슬레이트 지붕 밑에서 어깨를 축 늘어뜨린 채 아버지가 걸어 나오는 것이 보였다.

부모란 특히 아버지는 딸에게 마음의 관절 같은 것이다. 구체관절인형처럼 관절이 많다는 것은 그만큼 복원력이 빠르다는 의미이다. 아버지와의 관계가 잘 형성된 딸들은 설사 상처를 받아도 자존감으로 금세 회복할 수 있다. 하지만 난 아버지를 통해 반사되는 내 모습이, 내 안에서 가끔 발견되는 아버지 모습 때문에 오히려 나에게 더 관대할 수 없었다.

아버지는 빈 지갑을 열어 보였다.

"네 엄만 돈을 더 원하지 않든? 봐라"

빈손으로 돌아갈 수 없다던 아버지는 여름이 가고 겨울이 다 가도록 돌아오지 않았다.

봄은
동백 꽃물 속에서
피고

엄마가 이불 홑청을 뒤집어 캐시밀론 솜이 플라타너스 씨앗처럼 방안 가득 날리고 있을 때였다. 아버지가 낯선 아줌마와 함께 어두운 복도를 걸어 들어왔다. 엄마는 아주 익숙한 표정으로 여자를 맞았다. 엄마도 알고 있는 사람인 모양이었다. 엄마의 표정이 어둡긴 했지만 그렇게 적대적이진 않았다. 생각해보니 이런 장면이 그전에도 몇 번 있었던 것 같았다.

여자는 콧날이 죽어 있어서인지 유난히 콧방울이 커 보였다. 얘기하면서 수시로 콧방울을 벌렁거렸는데 그 모습이 부정교합으로 돌출된 치아와 묘하게 잘 어울린다는 생각이 들었다.

엄마는 솜 묻은 바지를 수건으로 탁탁 털며 조금은 퉁명스러운 목소리로 앉으라고 했다. 나는 괜스레 조마조마해지는 마음으로 방석을 내왔다.

여기저기 찍혀 허연 속살이 드러난 삼층장, 누렇게 바랜 목
단 꽃무늬 벽지, 선반 위에는 뚜껑에 먼지가 뽀얗게 앉은 과산
화수소수, 요오드크롬액, 물파스 따위가 아무렇게나 놓여 있
고 각진 모서리마다 위태하게 흔들리는 거미줄.

집을 나가고 싶은 심정은 설명하지 않아도 충분히 이해할
수 있었다. 사실 나도 나가고 싶었으니까. 방 한 면을 차지하
고 있는 네 짝 나무 문을 밀면 안 입는 옷가지들이 널려 있고
이불이 둘둘 말려 있다. 시큼하고 큼큼한 가난의 냄새, 불행의
냄새란 바로 저런 냄새가 아닐까.

엄마와 결혼하기 전 아버지는 집에서 정해준 여자와 먼저
결혼했던 모양이었다. 흔한 얘기지만 그녀는 아이를 낳지 못
했고 그래서 삼대 종손인 아버지는 엄마를 다시 만나게 되었
다는 뭐 그 시절 그렇고 그런 얘기. 콧방울이 큰 여자는 조그
만 횟집을 하며 혼자 살고 있었는데 갈 곳이 없을 때 가끔 아
버지가 들리는 모양이었다. 그런 그녀가 집에 들어가지 않겠
다는 아버지를 데리고 온 것이었다.

늙은 동백나무 다리에 새 살이 돋던 날

아버지는 아지랑이 꽃길 따라 집을 나갔다.

라디오에선 동백 아가씨 봄이 한창이고

여기저기 붉은 피 토해내던 꽃망울들.

마당의 가슴 한 번 치고

당신 가슴도 한 번 치고

철퍼덕 마주 앉은 동백나무 두 여인

그 곁에 핀 내 꽃도 덩달아 아팠지만

매일 저 혼자 회춘하는 산다목

뿌리 깊은 기다림은 밤마다 미지의 해안을 더듬고

동백꽃물 흐르고 흘러

꽃피는 동백섬 그 아랫도리를 적셔도

거리 귀신이 된 아버지는

끝내 돌아오지 않았다.

까닭 모를 햇살이 모가지를 쳐도

웃고 있는 저 미친 꽃봉오리들.

-졸시 '그해 봄' 전문

문제는 그녀가 돌아가고 나서였다. 엄마는 무너지듯 주저 앉아 세마치장단으로 언제 끝날지 모를 신세타령을 늘어놓기 시작했다. 나는 마루에서 땅 한 번 치고 가슴 한 번 치는 엄마를 잡아끌었다. 늘 그랬다. 엄마와 아버지가 몸싸움을 벌일 때, 엄마가 몸을 팽개치며 신세 한탄을 늘어놓을 때 말리고 정리하는 일은 늘 내 몫이었다.

여자를 배웅하고 들어오면서 아버지가 크악, 가래침을 뱉었다. 그때였다. 눈물을 흘리던 엄마의 눈에 돌연 푸른빛이 돌았고 말릴 틈도 없이 성난 맹수처럼 현관문 밖으로 달려나갔다. 그리고는 다짜고짜 아버지의 멱살을 잡아챘다. 기습공격을 당한 아버지는 반사적으로 엄마를 밀쳤지만 악에 받친 엄마가 놔줄 리 만무했다. 내가 달려가 엄마의 허리를 뒤에서 껴안은 채 뜯어내려 했지만 당해 낼 재간이 없었다. 아버지는 왁살스럽게 밀어냈고 그 바람에 엄마와 난 화장실 수챗구멍 옆으로 나뒹굴었다.

독한 하수구 냄새가 슬픔처럼 올라왔다. 밖에서는 그토록 무능하고 무기력한 아버지가 집 안에서는 어디서 그렇게 힘이 솟는 것인지. 아버지가 엄마의 머리카락을 휘어 챘다. 그때였다. 짐승의 것이라고밖에 할 수 없는 소름 끼치는 괴성이 들렸다. 언니였다. 어디에 있다가 온 것인지 언니가 갑자기 튀어나와 아버지의 팔뚝을 물었다. 잠시 아버지는 멈칫했지만 곧 총맞은 승냥이처럼 몸부림쳤다. 아, 익숙한. 그동안 가시처럼 빼쪽하게 날이 서 있던 고요가 일시에 확 풀어지는 느낌이었다.

늘 이런 식이었어. 엄마와 아버지의 싸움은 전기세나 수도세처럼 살아가는 동안 치러야 하는 일종의 주거 광열비 같은 것이었으니까. 싸움은 고함으로 시작해 몸싸움으로 절정을 이루고, 누군가 상처를 입는 것으로 일단락 지어졌다.

이번에는 내가 언니의 허리를 붙잡고 줄다리기하듯 언니를 잡아당겼다. 언니의 힘도 괴력에 가까웠다. 아버지는 거의 본능적으로 쓰레기통을 들어 언니를 내리쳤고 그제야 언니는 아버지의 몸에서 떨어져 나갔다. 동네 사람들이 하나둘씩 몰려들었고 언니는 붉은 동백꽃물 같은 피를 흘리며 병원으로 실려 갔다.

거리 귀신

"우리 가족은 살쾡이들 같아. 왜 그렇게들 서로 할퀴고 헐뜯고 못 잡아먹어서 안달일까. 위안은 못 돼줄망정 남은 기력이나 빼지 말아야 하는데, 우리 가족은 서로에게 아무 의미가 없어. 같이 산다는 것 자체가 힘 빼기의 연속일 뿐. 그래서 우리 가족은 세상에 나가기도 전에 집 안에서 지쳐버리나 봐.

의욕이나 삶의 열정 같은 걸 서로에게 모두 소진 시켜 버려. 감정의 겨드랑이를 살살 긁어 악 바치게 하고 경련을 일으키며 악다구니를 토해내고, 가구를 던지고, 몸싸움하다가 지치면 함께 밥을 지어 먹지. 사람의 기에는 한계가 있는 법인데 집 안 싸움으로 모두 소진해버리니 밖에서는 제 몸 하나 추스르는 것도 힘겨울 수밖에. 집이란 게 우리에겐 끊임없는 전쟁터일 뿐이야. 차라리 밖으로 나오는 게 훨씬 편해. 그래서 우린 거리 귀신 들린 것처럼 이곳저곳을 헤집고 다니나 봐."

머리를 여섯 바늘이나 꿰맨 언니는 햇빛도 들지 않는 방에서 쥐며느리처럼 습습하고 굼뜬 동작으로 기어 다녔다. 엄마는 장판 밑에서 곰팡이들이 검게 썩어가고 있는 것도 모른 채 이불 홑청을 꿰맸다.

가끔은 그런 엄마가 마녀 같다는 생각도 했다. 엄마 손이 닿으면 모든 생기 있는 것들은 시들어버리고 행복도 잿빛으로 변해버리는. 그 검은 한숨을 호흡해야만 생을 연명할 수 있는 마녀. 학구열이 유달리 강했던 아버지가 저렇게 변한 것도 어쩌면 엄마의 갈퀴 같은 손이 닿았기 때문인지 모른다.

마녀를 지탱시켜주는 것은 활활 타는 증오. 엄마는 종종 아버지가 아닌 우리에게도 거품을 물고 눈을 하얗게 까뒤집어 보이곤 했다. 하지만 난 알고 있었다. 그것이 엄마를 지탱해주는 유일한 힘이라고. 그 발작을 묵묵히 견디는 것이 어쩌면 우리가 할 일이라고.

갑자기 문을 쾅 닫는 소리가 들렸다. 언니가 화난 사람처럼 방으로 뛰어들었다. 곧이어 "남편 복 없는 녀언 자식 복도 없다더니~" 길게 목청을 뽑는 익숙한 목소리가 들려왔다.

"내가 지갑에서 담뱃값 좀 빼갔다고 저 난리야. 돈 싸질머지고 무덤까지 갈 건가?"

언니는 불량소녀가 침을 뱉듯 말을 찍 뱉었다. 여섯 바늘이나 꿰맨 머리의 실밥도 채 뽑지 않았는데 이번엔 또 무슨 일이 벌어지려는 것인지. 언니는 담배를 허겁지겁 물더니 짜증 난 목소리로 소리쳤다.

"그놈의 돈 소리, 돈! 돈! 아버지까지 쫓아내더니 이번엔 내 차례야? 나보고 나가라는 거야?"

한껏 목청을 돋우던 엄마가 현관에 있던 빗자루를 들고 쫓아왔다.

"잘한다 잘해. 말이면 다해? 이년아 내가 여지껏 왜 살았는데…. 이 꼴 보려고 내가 안 죽은 줄 알아? 나가 뒈져라 이년!"

엄마는 빗자루로 언니의 어깨를 사정없이 내리쳤고 언니는 그 매를 피할 생각도 않고 오히려 자신의 머리를 쥐어뜯었다. 저 무서운 주술……. 언니의 말대로 우리는 엄마의 증오심에 눌려 질식할지도 몰라. 엄마는 제풀에 쓰러져 울다 뒹굴다 다시 일하러 나가겠지. 그리고 저녁이면 부은 얼굴로 마주 앉아 우걱우걱 밥을 퍼 넣겠지.

우리는 너무도 서로를 잘 알고 있었다. 어떤 말을 하면 상처를 가장 많이 받는지 어디를 공격하면 가장 아픈지. 그러면서 상처가 난 곳을 더 독한 상처로 소독하는 법을 알고 있었다. 우리는 가족이니까.

바람이 불자 머리털을 밀어낸 부위에 붙인 하얀 반창고가 더욱 도드라져 보였다. 언니는 간지러웠는지 며칠째 머리를 감지 못해 기름이 낀 정수리 부분을 중지로 꾹꾹 눌렀다. 정말 아무것도 하고 싶지 않다는 표정으로 담배 연기를 뿜어대는 언니. 나이를 알 수 없는 우울과 짙은 음영만이 그녀에게 흘러나올 뿐이었다.

"머리라도 빗어"

그러나 언니는 들은 척도 하지 않았다. 울어서 퉁퉁 부은 얼굴로 다시 담배를 물었다.

"어릴 적 엄마와 아부지가 몸싸움을 할 때… 그때마다 나는 제발 이혼해요. 울면서 매달렸지. 아버지가 없는 아이가 부러울 정도였어. 그때마다 엄마는 우리들 때문에 산다고…. 안 그랬으면 벌써 끝장났을 살림이라고 했지만 지금 와서 생각해봐도 억지로 끌어온 이 생활이 우리에게도 별 도움이 된 것 같

지 않아. 차라리 아버지에 대한 그리움이라도 있었다면…. 그
리움은 희망이니까…"

혹시 그런 사랑도 있는 걸까. 옆에 두고 미워하고, 옆에 두
고 원망하고 때로는 옆에 두고 물어뜯는 그런 사랑. 할당된 양
을 모두 마쳐야 정리할 수 있는 그런 사랑 말이다.

절망

꽃 모가지를 뚝뚝 끊으며 비가 온다

절망이란 희망의 관절이 뚝뚝 끊어지는 것.

행복한 숙주와
기생따개비

햇빛이 들지 않는 안방에 들어가면 엄마의 속이 검게 부식되는 것이 보이는 듯했다. 이따금 습기를 머금은 허여멀건 쥐며느리가 굼뜨게 기어 다니고 한숨이 얼룩처럼 배어있는 이불. 몸싸움으로 귀퉁이가 떨어져 나간 반닫이나 욕설에 여기저기 생채기가 난 서랍장. 왜 이렇게 모든 게 잿빛일까.

적어도 가족이라면 그 구성원을 위해 자신의 욕망쯤은 조금 양보할 줄 알아야 하는 건 아닐까…. 그런 의미에서 아버지는 물론, 나와 가족들은 일방적으로 엄마를 희생시키면서 살아온 것 같았다. '엄마 배고파'하면 다리 한 짝 쭉 찢어 주고, '배고파'하면 팔 한 짝 뚝 떼어 주고, 간 하나 꺼내 주고, 쓸개 하나 꺼내 주고, 텅텅 빈 가슴만 남은 엄마는 그럴수록 자식들에 대한 집착이 심해져갔다.

사실 오빠가 학교를 밥 먹듯 빠지는 것이나 언니가 매번 연애에 실패하는 것도 아버지 때문이 아니라 엄마의 병적인 집착 때문인지도 모른다. 그랬다. 엄마의 모성은 이미 임계치를 넘어서 점점 병적이 돼갔다.

따개비에 감염된 바닷게에 대해 들은 적이 있다. 따개비는 부화기가 되면 바닷게에게 세포 물질을 주입해 수컷도 암컷으로 성전환을 시킨다. 그리고는 부화용 주머니에 알을 낳는데 그것도 모르고 바닷게는 자신의 새끼인 양 기생충 알을 정성껏 키운다. 자신을 어미라고 생각하면서 따개비의 알을 키우는 데 일생을 보낸다. 한마디로 바닷게는 따개비에 감염돼 숙주 조종당하고 있는 것이다. 그렇게 감염된 모성도 있다니⋯. 임계치를 넘어서고 있는 엄마의 모성은 혹시 아버지로부터 숙주 조종당하고 있었던 것은 아닐까.

엄마, 우리는 엄마 자식이 아냐
엄마가 낳은 건 기생충이야
자궁 밖으로 생리혈처럼 쏟아져 나오는 우리를 보며 엄

마가 말했다.

이 유충이 네 유충이니?

오빠는 엄마의 앙상한 다리에서 피를 빨고

언니는 사타구니에서 배다른 알을 까고 있었다.

우리를 버려줘 엄마. 엄마는 감염됐어.

(기생따개비에 감염된 '바닷게'는 모성애만 남은 암컷이 됩니다.

그때부터 오로지 따개비의 새끼를 위해 존재합니다.

자신이 감염됐는지도 모릅니다.

될 수 있는 한 오래 살면서 그저 기생충 새끼를 보호할 뿐입니다.)

자궁에 큰물 진 날

잠시 여자로 돌아온 엄마는 아버지의 멱살을 쥐기도 했지만

다시 밥을 짓고 이불을 꿰맸다.

제발 이혼해. 엄마는 숙주 조종당하고 있는 거야.

병상에 누운 엄마는 여기저기 숨겨놓은 통장을 꺼냈다.

불쌍한 내 새끼

언니는 그 돈으로 살림을 차리고

오빠는 그 돈으로 새 차를 뽑았다.

바닷게 한 마리, 등딱지 안에 잔뜩 기생충 알을 슬은 채

어디론가 떠나는 밤

엄마는 포동포동 독이 오른 우리를 보며

자꾸 행복하게 웃고 있었다.

　　-졸시 '행복한 숙주/기생따개비'

달리는 무덤

　세상이 어떻게 돌아가는지 자세히 알 길은 없었지만 흉흉하고 어수선한 것만은 분명했다. 소식통이 빠른 아이들이 부산과 마산에서 대규모 시위가 일어나 대학생들이 잡혀갔다고도 했고 가발 공장 여공이 시위 진압 과정에서 사망했다는 얘기도 했다. 쓰레기통에서 신문지로 싼 고기가 나와 청소부들이 구워 먹었는데 알고 보니 사람 고기였다는 소문까지 나돌았다. 세상이 불안해질수록 흉흉한 소문이 전염병처럼 창궐하는 법이니까.

　당시에는 복장 검사를 불시에 했다. 군사정부 시절이어서 감히 누구 하나 부당하다는 생각조차 하지 못했다. 그날도 갑자기 지휘봉을 흔들며 선생님 두 분이 교실로 들이닥쳤다.

　"모두 가방 올려놓고 복도로 나가!"

우리는 소리를 지르며 친구의 등을 떠밀며 우르르 복도로 나갔다. 한 선생님은 출입문이 있는 쪽부터 가방을 하나씩 열어 볼 것이고, 다른 선생님은 복도에 서 있는 우리들의 교복 컬러에서 부터 목덜미, 손톱, 실내화 검사할 것이었다. 엉큼한 선생님은 브레지어를 착용했는지 등도 쓸어내릴 것이다. 아이들은 때가 탄 실내화 위에 분필로 하얗게 칠을 하기도 했는데 오늘은 갑자기 들이닥쳐 그럴 시간조차 없었다.

차라리 가방에서 담배 따위가 나왔다면 얼마나 좋았을까. 내 가방 속에 들어 있었던 유서가 문제였다. 그것만은 들키고 싶지 않았다. 나는 빠르게 가방 속에서 유서가 적힌 봉투를 빼내려고 했지만 어디 가당키나 한가. 출입문에 서 있던 선생님은 지휘봉을 크게 흔들며 다가왔고 나는 급한 마음에 '확' 봉투를 찢었다. 선생님은 내 어깨를 밀며 손에서 봉투를 빼앗으려했지만 나는 꼭 쥐고 놓지 않았다. 순간 복도로 나가던 아이들의 고개가 일제히 내 쪽으로 쏠렸고 수십 개의 눈동자가 나에게로 박혔다.

그 시절의 선생님들은 분노조절 장애 환자들 같았다. 자신의 고함에 점점 더 흥분되는 듯했다. 눈에 섬광이 보였던가.

나는 바닥에 쓰러진 채 모기만 한 소리로 '저기 선생님 이건 유서에요'라고 말했다. '아버지'가, '엄마'가, 또는 '죽음'이 갈기갈기 찢긴 채 교실 바닥에 나뒹굴었다.

그날 담임선생님과의 면담을 끝내고 조퇴를 했다. 혼자 터덜터덜 교문을 나선 내 마음은 나락을 베어낸 황량한 논 같았고, 그 위에 쓰러져 있는 볏짚 같았다. 단풍나무가 밀어 올린 울긋불긋한 빛깔조차 그저 나에겐 멍든 색깔에 지나지 않았다.

시외버스를 탔다. 딱히 목적지를 정한 건 아니었다. 조퇴했지만 엄마가 걱정할까 봐 차마 집으로도 갈 수 없었다. 나는 차창 밖을 보며 머리나 식히자는 생각이었다.

얼마를 달렸을까. 도로 위에 황갈색 털 뭉치가 보였다. 고양이인지 개인지 알 수 없지만 무단횡단하다 차에 치여 죽음을 맞은 것이다. 로드킬Road kill. 얼마나 서늘한 단어인가. 내장이 터져 핏물이 고여 있었다. 말랑말랑하고 따뜻했을 몸은 그렇게 아스팔트 위에서 말라붙어 가고 있었다. 윤장輪裝. 차바퀴에 살 한 점 한 점이 소멸돼 가는.

‒도로 한가운데서 밤새 속도를 놓쳐버린 개나 고양이 그
떠돌이 시신들을 위하여.

누워 있는 그의 몸 위로
그보다 조금 빠른 것들이 질주해갔다.
바코드 같은 타이어 자국을 가슴에 찍으면
곧 그의 장례식도 완성될 것이다.
글썽이는 조등을 들고 서 있는 가로등과
잠들지 못하는 무인 카메라 혼자
한 육체가 추억도 남기지 않고 어떻게 소멸되는지
마른기침 몇 개로 굴러다니는지 응시하고 있었다.
주인이 떠나버린 방향을 바라보며
맨발 한 짝, 첫정의 형상을 고스란히 간직한 채
우두커니 바람의 장례를 준비하고 있었다.

어쩌면 모든 속도는 저렇듯 소멸을 꿈꾸는지 모른다.
몸이란 이승의 기억일 뿐
그리워해 줄 이가 없다면 오랜 흔적을 남길 이유도 없어

조금 느린 살점을 조금 빠른 살점들이 추월하고

죽음에도 가속도가 붙어 비로소 그들은 하나의 속도가

되었다.

달리는 무덤이 되었다.

-졸시 '달리는 무덤' 전문

동물의 털과 살점들 그리고 축축한 피들마저 사라진 그곳
엔 텅 빈 속도만 남겠지. 죽음이란 시간에서 공간으로 이동하
는 것일까. 이왕 죽을 거면 피 한 톨 남기고 싶지 않았다. 아무
런 흔적도 없이 깨끗하게 소멸하고 싶었다. 그렇게 나의 생을
경멸해주고 싶었다.

그런데 다다이스트였던 쟈크리고는 삶이란 버리고 말고 할
만큼 가치 있는 것이 아니라고 했다. 오히려 삶을 경멸하는 유
일한 방법은 삶을 받아들이는 것이라나. 그럴 수 있을까. 내일
아무 일 없었다는 듯 등교할 수 있을까.

당시는 통행금지가 있던 시절이었다. 자정이 가까워지면

방망이를 옆구리에 낀 푸른 제복의 방범대원이 호각을 불며 단속했다. 통금에 걸리면 가까운 파출소에 끌려가 철창신세를 져야 했다. 막차 시외버스에서 내리자 여기저기서 사람들이 서둘러 택시를 잡는 모습이 보였다.

다행히 난 자정 전에 집에 도착할 수 있었다. 대문을 들어서자 등 뒤에서 통행금지 사이렌이 동심원을 그리듯 길게 울려퍼졌다.

그러면
되겠습니까?

넙치처럼 살아 있겠습니다.

가장 밑바닥에 넙죽 엎드려 있겠습니다.

죽은 듯이 살아 있겠습니다.

그러면 되겠습니까?

휘어지는
시간

수업이 파할 때쯤 엄마가 교문을 들어서는 모습이 보였다. 유서사건이 있은 후 엄마가 담임 선생님에게 호출당한 모양이었다. 멀리서도 난 엄마를 한눈에 알아봤다. 몸빼바지에 예의 그 '파란 플라스틱 슬리퍼'를 신고 왔기 때문이다.

원색에 가까운 파란색 슬리퍼는 엄마 몸에서 별개의 생명체처럼 분리돼 저 혼자 허공을 둥둥 떠다니는 것 같았다. 이상하게도 엄마는 보이지 않고 슬리퍼만 눈에 들어왔다. 마치 슬리퍼가 주인인 양 엄마를 끌고 온 것 같았다.

엄마를 발견한 순간 난 책상 밑에라도 숨고 싶은 심정이었다. 엄마가 학교로 불려왔다는 문제의 심각성보다 몸빼바지를 입고 욕실에서나 신을 것 같은 슬리퍼를 끌고 온 그 행색이 창피해서였다.

사실 엄마는 파란 플라스틱 슬리퍼 한 켤레로 사계절을 버텼다. 겨울에도 양말 위에 솜버선을 신은 후 슬리퍼를 신었다. 밥을 지을 때도 시장에 갈 때도 슬리퍼는 굳은살처럼 늘 엄마 발바닥에 박혀 있었다. 닳거나 찢어졌다면 벌써 새 신을 샀을지도 모른다. 그러나 파란 플라스틱 슬리퍼는 징글징글하게 질겼다. 헤지지 않는다는 것이 때론 사람을 얼마나 질리게 하는지, 마모된다는 것은 양보가 아니던가. 그런데 플라스틱 슬리퍼는 끝까지 자기주장을 굽히지 않는 고집쟁이 노파 같았다.

대부분 자살하기 전 신발을 가지런히 벗어놓는다는데 좋아하는 사람의 마음을 얻기 위해 신발을 훔쳐 오기도 한다는데. 신데렐라가 유리구두 한 짝으로 인생이 바뀐 것처럼 신발에는 어쩌면 주술적인 기능이 있는지도 모른다. 혹 엄마도 신는 신발을 바꾸면 신데렐라처럼 삶이 좀 달라질 수 있지 않을까? 엄마의 신발은 마치 옛날 히브리 노예들이 발목에 차고 다니던 쇠고랑 같았다.

나는 교무실 신발장에 놓인 엄마의 슬리퍼를 보면서 갑자기 엄마에게 새 신발을 사주고 싶다는 생각이 들었다. 그러고 보니 신발은 각자 주인을 닮았다. 앞이 뭉툭한 구두는 너털웃음을 잘 웃는 미술 선생님을 닮았고, 굽이 뾰쪽한 하이힐은 눈매가 유난히 날카로운 사회 선생님을 닮았다. 삐딱하게 닳은 뒷굽과 벗겨진 구두코마저도 각각 주인의 성향을 그대로 보여주는 듯했다. 엄마의 슬리퍼는 초라했지만 뻔뻔했고 완강하면서도 흠집투성이였다.

자세히 보니 먼지 탓인지 파란 플라스틱 슬리퍼도 조금 지쳐 보였다. 엄마가 신고 있을 때는 파랗게 독이 오른 것처럼 생기가 돌았는데 조금 풀이 죽은 것도 같았다. 슬리퍼도 좀 쉬고 싶은 건 아닐까 하는 생각이 들 정도였다.

그러자 문득 황무지에 나오는 쿠마에의 무녀가 생각났다. 영생을 얻긴 했지만 안타깝게도 영원한 젊음까지는 얻지 못한 탓에 그녀는 계속 늙어야 했다. 그녀에게 영생이란 그저 영원히 늙는 일이었다. 참새 한 마리의 크기 정도로 쪼그라든 그녀를 사람들은 새장 속에 가둬놓고 구경거리 삼았다. 지나가던 아이들이 조롱하듯 "무녀야 원하는 게 뭐니?"하고 물으면, 그녀는 "죽고 싶어…" 모기만 한 소리로 대답하곤 했다는 것이다.

그처럼 파란 플라스틱 슬리퍼도 내게 말하는 것 같았다.

"그만 쉬고 싶어…"

교무실에서 나온 엄마는 마치 쿠마에의 무녀처럼 더 작고 더 초라하게 줄어들어 있었다. 눈 밑의 주름도 조금 더 깊어진 듯했다.

엄마는 아무 말 없이 앞서 걷기 시작했다. 나도 묵묵히 뒤를 따랐다. 그저 가뭄 든 논처럼 갈라진 엄마의 발뒤꿈치를 보며 걸었다.

그렇게 얼마를 걸었을까. 엄마가 재래시장 쪽으로 가고 있었다. 시장은 낮에도 알전구를 켜놓았는데 길게 늘어진 전선이 흔들릴 때마다 노란빛이 위태롭게 출렁거렸다. 양옆으로 도열한 상가 가운데 노점이 일렬로 늘어서 있어 행인 하나도 지나기 어려울 정도로 비좁았다. 중간중간에는 보신탕용으로 개를 부위별로 파는 노점이 있었다. 참수당한 채 털이 홀딱 벗겨진 개가 네 다리를 쳐들고 누워 있는 모습은 괴기스럽기까지 했다. 보신탕집 아줌마는 마녀처럼 앞다리 또는 가슴을 쓱쓱 썰어 검은 비닐봉지에 담아주고는 했다.

엄마는 노점에서 고등어 한 토막을 사고는 동태며 다른 생선들의 내장을 서비스로 달라고 했다. 내장탕을 끓일 거라면서 뻔뻔하게 웃는 엄마는 평소와 다를 바 없었다. 심지어 엄마는 오이 하나를 덤으로 빼앗아 장바구니에 담았다.

그리고는 성큼성큼 걸어서 신발가게로 향했다. 엄마가 신고 있는 것과 비슷한 플라스틱 슬리퍼가 입구에 쌓여 있었고 운동화며 구두들이 장식장 위에 줄 맞춰 진열돼 있었다. 부유한 먼지가 날리고 있는 가운데 외짝씩 놓여 있는 신발들이 마치 항구에 정박해 있는 배 같다는 생각이 들었다. 마치 출항을 서두르는 항구에 서 있는 기분이었다. 나도 저기서 가장 아름다운 신발을 신고 떠나고 싶었다. 아니 붉은 구두의 마법에 걸려 죽을 때까지 춤을 추었다는 동화 속 소녀처럼 가장 아름다운 신발을 신고 전국을 떠돌며 죽을 때까지 춤이나 추고 싶었다.

괜찮다며 극구 말렸지만, 엄마는 주인아저씨가 권해주는 요즘 학생들이 제일 좋아한다는 하얀색 운동화를 사주었다. 그때 나는 처음으로 알았다. 엄마 몸뻬바지 속 또 하나의 주머니가 있다는 것을. 엄마는 허리춤을 벌려 깊숙이 숨어 있는 그

주머니에서 고무줄로 돌돌 말아놓은 지폐를 꺼냈던 것이다. 알 수 없는 엄마의 마음이 그 비밀주머니에 담겨 있는 것만 같았다. 나는 엄마의 숨겨 둔 마음을 본 것만 같아 갑자기 식도가 뜨거워지면서 허리가 자꾸 꺾였다.

미꾸라지들이 고무 대야에서 허리를 비틀고 있었고 가판대 위에선 아직 살아 있는 생선들이 지느러미를 좌우로 흔들고 있었다. 자드락길은 점포 사이로 구불구불 흘러가고 있었고 골목길은 자꾸 허리를 꺾으며 좁아지고 있었다. 모든 것이 조금씩 휘어지는 시간이었다. 시장바구니를 든 엄마의 어깨가 자꾸 내 쪽으로 기울어지고 있었고 나도 모르게 내 머리통도 자꾸 엄마 쪽으로 기울고 있었다. 어느새 내 머리는 엄마 발에까지 기울어졌다.

"엄마 잠깐만 발 들어봐."

"왜?"

"그냥 조금만 들어봐."

엄마가 발을 들자 난 파란 슬리퍼를 벗기고 새로 산 내 하얀 운동화를 신겼다. 그리고 엄마의 슬리퍼를 내가 신었다. 한동

안 엄마가 내 얼굴을 물끄러미 내려다보았다. 엄마와 난 서로 기댄 채 걸었다. 슬리퍼가 헐거워 자꾸 벗겨졌지만, 엄마가 살아온 세월의 무게가 내 발을 지탱해주었다.

제 2 부

슬픈 칼 하나 품고 살았네

슬픈 칼

삼대 종손인 우리 집은 유난히 제사가 많았다. 파친코에 빠져 있긴 했지만 그나마 아버지가 위엄이 있어 보이는 순간은 제사를 모실 때였다. 특히 지방을 쓸 때는 전혀 다른 사람 같았다. 아버지가 쓰는 벼루는 오래되고 낡은 것이었다. 언젠가 할아버지 집에 불이 났는데, 그 아수라장 속에서 아버지가 벼루만 안고 뛰쳐나왔다는 이야기는 지금까지도 가족들의 입에 오르내렸다.

아들이 없던 할아버지는 양자를 들인 후 줄줄이 3형제를 얻었는데 그중의 첫째 아들이 아버지였다. 삼대 종손인 아버지에게 벼루는 그만큼 특별한 것이었다. 그래서인지 벼루는 마치 상투나 곰방대처럼 스스로 위엄을 갖춘 듯했다. 단단한 오동나무 뚜껑에 음각으로 새겨진 사군자는 당당하면서도 담담해 보였다. 뚜껑을 열면 가슴이 움푹 팬 벼루가 나왔는데, 긴 세월 벼루를 간 것인지 먹을 간 것인지 알 수 없을 만큼 골이 깊었다.

아버지는 벼루에 물을 붓고 먹을 세워 오른쪽으로 천천히 돌렸다. 그런 모습은 자못 경건하기까지 했다. 먹의 농담이 진해지면 아버지는 가는 붓을 먹물에 쓱쓱 묻혀 붓털을 가지런히 정리했다. 연필심처럼 뾰족해진 붓에 먹물을 묻혀 몇 번씩 신문지 위에 연습한 후 화선지 위에 정성스럽게 글을 썼다.

해남의 한 사당에 걸려 있는 증조할아버지 초상화를 본 적이 있다. 지방을 쓸 때 아버지의 모습은 영락없이 그 증조할아버지를 닮아 보였다. 초상화 속의 증조할아버지는 날카로운 눈매에 검은 유건을 쓰고 허리를 꼿꼿하게 편 채 앉아 있었다. 한 번도 뵌 적이 없지만 먹 가는 냄새를 맡을 때마다 할아버지의 도포 자락에서 저런 냄새가 나지 않았을까 상상해보곤 했다. 정성스레 먹을 갈고 붓을 다듬는 모습을 볼 때마다 아버지가 불이 난 그날 왜 저 벼루를 안고 나왔는지 조금은 알 것 같았다.

그날은 고조할아버지 제사였다. 그런데 제사 준비하던 엄마가 갑자기 한 통의 전화를 받고 허겁지겁 나가 버린 것이다.

언니는 그런 엄마를 따라나섰고 한 번도 제사상을 차려 본 적이 없는 내가 진설을 했다. 얼핏 들은 바로는 아버지가 지금 사는 이 집을 몰래 팔았다는 것이다. 아버지 명의로 돼 있던 집이었기에 가능했는지 모르겠지만, 복덕방 전화를 받고 허겁지겁 뛰쳐나간 엄마와 언니는 늦은 시간까지 돌아오지 않았다. 집을 팔다니, 그 말의 의미는 우리가 더 비좁고 냄새나는 집으로 이사 가야 할지도 모른다는 이야기였다. 그것은 엄마가 제사상도 내팽개치고 나갈 만큼 다급한 일이기도 했다.

처음에는 한 가닥이던 향내가 두세 가닥 새끼줄처럼 꼬여 안방 문틈을 빠져나왔다. 진설이 제대로 되었는지 확인할 길이 없었다. 입을 벌린 북어포는 북쪽으로 머리를 돌리고 있었고 머리가 댕강 잘린 닭은 곧 출발선을 튕겨 나갈 마라토너의 자세로 등을 구부린 채 있었다. 밤과 배 사과가 순서대로 놓인 것 같았지만 얼마나 정신이 없었는지 과일 윗부분을 도려내는 것도 잊었다.

그 와중에 엄마는 산적과 동그랑땡, 호박고지까지 준비해 놓았다. 얼핏 다른 때의 제사상과 크게 달라 보이지 않았지만, 엄마가 경황이 없었다는 걸 알 수 있었던 건 3마리의 조기 때문이었다. 평소 같으면 노란 고명을 얹었을 텐데 오늘은 아무런 장식 없이 조기 세 마리가 포개져 있었다.

나는 탕국을 올린 다음 부엌에 쭈그리고 앉아 남은 막걸리를 마셨다. 엄마와 막걸리에 설탕을 타서 몇 번 마셔본 적이 있지만 이렇게 생짜로 막걸리를 마셔본 건 난생처음이었다. 너무 빨리 들이켜 목이 막혔다. 뜨거운 불두덩이 하나가 식도에서 걸려 타는 것 같았다. 딱히 막걸리 때문만은 아니었다. 누군가를 미워한다는 게 얼마나 파괴적인지. 오늘만큼은 죽이고 싶도록 아버지가 미웠다. 그러자 명치가 날카로운 칼날에 박힌 것처럼 아프기 시작했다.

나는 칼을 꽂아 둔 싱크대를 열었다. 그곳에는 생각보다 많은 칼이 꽂혀 있었다. 우리 집에 이렇게 많은 칼이 있었다니. 식도가 세 개 과도가 두어 개, 심지어 칼자루도 없는 녹슨 칼이 쇠꼬챙이 모양의 꽁지를 드러낸 채 꽂혀 있었다. 걸핏하면 자루가 뽑히던 칼을 엄마가 세로로 세워 탁탁 쳐서 사용하던 모습이 떠올랐다. 가만히 보니 여러 개의 칼이 꼽혀 있었지만 제대로 된 칼은 하나도 없었다.

내가 집어 든 칼도 예외는 아니었다. 손잡이만 멀쩡했지 칼의 표면에는 붉은 녹이 슬어 울퉁불퉁했고 칼날은 충치 먹은 것처럼 듬성듬성해 파 한 개도 썰기 힘들어 보였다. 칼을 집어 들긴 했지만 나는 이 칼로 무엇을 해야 할지 몰랐다. 칼을 잡자 아버지에 대한 분노가 더욱 치밀어 오르면서 손이 부들부들 떨리기 시작했다.

아는지 모르는지 아버지는 숭늉을 올리라고 했다. 아무 소리가 없자 아버지가 미닫이문을 드르륵 열었다. 그리고 다시 한번 숭늉을 올리라고 했다. 그때 아버지와 내 눈이 마주쳤던가. 핏줄이 터질 듯한 내 눈빛을 보았던 걸까. 아버지의 눈빛이 흔들린 것은 내가 취해서였을까. 아버지는 아무 말 없이 직접 숭늉을 챙겨 방으로 들어갔다.

마침 미닫이문 옆에 놓여있던 벼루가 보였다. 나는 나무 뚜껑을 열고 칼로 벼루를 찍었다. 사실 아버지를 어찌해보고 싶었는지도 모른다. 그 마음이 죄 없는 벼루로 향했을 것이다. 그러나 얼마나 단단한지 벼루는 꿈쩍도 하지 않았다. 대신 녹슨 칼이 힘없는 소리를 내며 두 동강 나고 말았다. 그때였다. 제사가 끝났음을 알리는 아버지의 '이성' 소리가 들렸다. 나는 너무 허탈해서 주저앉았다. 아버지가 현관으로 나와 지방을 태워 날리자 고조할아버지의 혼백이 내 머리를 쓰다듬듯 한 줄기 바람이 스쳐 지나갔다.

칼집 속에서 칼들이 얼굴을 묻고 우는 것만 같았다. 붉은 녹물을 흘리고 있는 칼은 가슴이 폭폭 녹이 슨 언니 같았고, 혼자 울다 이가 빠진 엄마 같았다. 그리고 앞으로 아무에게도 칼을 들이밀지 못할 내 모습 같기도 했다. 나의 칼은 분노에 녹슬고, 내 정의는 부식되어 자멸하고 말리라. 나의 칼은 붉은 눈물만 뚝뚝 흘리다가 결국엔 파 한쪽 베지 못하리라는 것을. 나는 두 동강 난 칼을 주워서 조용히 한쪽으로 밀어놓았다.

오후 4시

구부정한 햇살이 노인의 등에 앉아 있다.

칼 갈아요, 왼손으로 손잡이를 돌리며

오른손으론 뭉툭한 날들을 갈아내고 있다.

떨어져 나간 무딘 날이 쌓여

곱사등을 이룬 노인은

이윽고 휘청 일어섰다.

칼날을 벼리는 것이

숫돌의 눈물일까를 생각하다

나는 내 벽장을 열어보았다.

하나둘 꽂아둔 게 벌써 수십 자루

칼집 속에서 칼들이 울고 있었다.

챙챙 분노에 떨며

손끝만 대도 자지러지다

제 성질에 푸슬푸슬 자멸해 가는 칼도 있었다.

호명 당한 칼들이 숫돌 위에서

끝내 붉은 눈물을 흘리는 하오

노인이 건네주는 칼을 받으며

덩달아 자꾸 허리가 휘어지는 것은

아마도 노인의 등 뒤 무덤 때문일 것이다.

나는 번쩍번쩍 잘 벼려진 석양 한 자루가

구부러진 산허리를 베어내는 것을 보며

이제 그만 내 칼들을 눈부신 저녁 속으로

던져버리고 싶었다.

–졸시 '칼' 전문

물렁함과 딱딱함의
변증법

아버지가 몰래 집을 팔아버린 그해 초여름, 우리는 앞 동으로 옮기게 되었다. 1층이었는데 뒷문을 열면 깎아내다 만 화강암 바윗덩이가 보였다. 산등성에 아파트를 짓다 보니 앞 동의 경우 도로보다 지반이 낮았다. 머리 위로 사람들이 지나다니는 셈이었다. 그래서 아파트값이 조금 더 싼 모양이었다.

고등학교에 들어간 나는 집으로 오는 새로운 길을 발견한 터였다. 좀 돌아오긴 했지만 시장을 통과하는 길이어서 이것저것 볼거리가 많았다. 특히 대장간 앞에서 한참씩 머무르고는 했다.

그날도 대장간에는 얼굴이 하얀 20대 초반으로 보이는 한 청년과 그 청년의 장딴지 같은 팔뚝을 가진 사내가 있었다. 누런 러닝셔츠 차림의 사내는 늘 화난 표정이었다. 시뻘건 불길

속에서 시우쇠를 꺼내 모루 위에 올려놓고 연신 메질을 해댔다. 사내가 움직일 때마다 팔뚝에서 실핏줄이 지렁이처럼 꿈틀거렸다. 화덕에서 나온 시우쇠는 붉다 못해 그 끝이 투명할 정도였다.

시우쇠가 불꽃을 튀며 점점 납작해지는 걸 지켜보는 것도 나름 흥미로웠지만 열기가 식지 않은 시우쇠가 푸쉬쉬 바람 빠지는 소리를 내며 물속에서 급히 냉각되는 모습도 재미있었다. 메질과 담금질을 반복하는 사이 시우쇠는 하얀색에서 노란색과 붉은색, 푸른색까지 오색찬란한 빛깔을 품어내다가 점점 검은색으로 변해갔다.

오늘 대장간엔 팔뚝 굵은 사내 대신 그 옆에서 가끔 시중을 들던 청년이 혼자 있었다. 청년은 나를 알고 있다는 듯 '씨익' 웃었다. 그러면서 자기는 대학생이며 곧 입대할 거라고 묻지도 않는 말을 했다.

"너 부질없다는 말 아냐? 불질 없다는 데서 나온 말인데 그 불질이 이 불질이다. 쇠를 불에 달궜다, 물에 담갔다 하는 짓. 이렇게 불질하지 않은 쇠는 쓸모없다고 해서 나온 말이야."

청년은 나에게 보란 듯이 화덕에서 집게로 시우쇠를 꺼내

망치로 두드리기 시작했다. 아아, 저 쇠 메질 소리. 내가 대장
간에서 발걸음을 떼지 못하는 이유 중의 하나가 저 망치 소리
때문이었다는 것을. 강하게 때로는 속삭이듯 울려오는 지 현
란한 망치 소리는 내 심장 뛰는 소리로 공명 되었다.

쇠는 구부러질 때 아름답다. 구부러지는 지점이 차가움과
뜨거움이 단단한 내공으로 매듭짓는 바로 그 지점이기 때문
이다. 어쩌면 난 삶의 변증법을 대장간에서 깨닫고 있었는지
도 모른다. 산다는 건 늘 무엇인가와 대립하는 것이고 서로 대
립되는 그 길항작용을 통해 한 걸음 나아간다는 것을.

모든 딱딱한 것들 속에는 물렁한 꿈이 있다.

저 직선 속에는 곡선이 숨어 있다.

나는 화덕에서 보았다.

뚝뚝 녹아내리고 싶은 마음

안으로 안으로 다잡던 쇠의 굳은 의지를

그 물렁함과 딱딱함의 변증법을

단단한 날일수록

제 안의 뜨거움도 깊어

뼈도 없는 쇳덩어리가

열망 하나로 그렇게 강인해지는 것을

나는 생사를 넘나드는 고열과 오한 속에서 보았다.

대장간 모루 위에

물렁물렁한 칼 한 자루

세상의 무뎌진 것들을 향해

시퍼런 날 하나 세우고 있음을

-졸시 '대장간에서' 전문

　팔뚝 굵은 사내가 들어오자 나는 대장간에서 나왔다. 대학생이라던 그 청년도 따라 나왔다. 나는 시장 쪽으로 발걸음을 옮겼다. 청년도 바싹 따라붙더니 내게 물었다.

　"넌 왜 항상 혼자 다니니?"

　난 아무런 대답도 하지 않고 닭집으로 갔다. 그즈음 시장통에는 자동으로 닭털 뽑는 기계가 도입되었다. 드럼통처럼 생긴 원통형 기계에 닭을 집어넣으면 탈수기 돌아가는 소리를 내며 닭털이 모조리 뽑혔다. 한쪽 가판에는 벌거벗은 닭들이 모가지를 늘어뜨린 채 누워 있었고, 그 옆 철망으로 된 닭장 속에는 닭들이 날갯죽지를 움직일 틈도 없이 빽빽이 갇혀 있었다.

한 아줌마가 죽은 닭들을 이리저리 넘겨보더니 마음에 들지 않는지 닭장을 쳐다보았다. 그리고는 조금 통통하게 생긴 놈을 지목했다. 저놈으로 해주세요. 닭장 문이 열리고 닭집 아저씨는 지목된 놈을 꺼냈다. 두 날갯죽지를 한 손으로 잡더니 조금의 주저함도 없이 아저씨는 칼로 가슴을 푹 찌른 후 닭털 뽑는 기계에 던져넣었다. 기계가 들썩들썩했다. 아주 힘이 센 놈인가 보았다.

그런데 이게 웬일인가. 들썩들썩하던 틈을 타 놈이 뚜껑을 밀치고 뛰쳐나온 것이었다. 급소를 찔린 것도 모른 채 놈은 털 뽑는 기계에서 탈출해 시장통으로 달아나기 시작했다. 순식간의 일이었다.

그때, 아 그때였다. 갑자기 대학생이라던 그 청년이 재빨리 닭을 낚아채 껴안고 달리기 시작했다. 나도 그 뒤를 따라 무작정 달렸다.

산 능선에 다다랐을 때는 청년도 나도 땀범벅이 됐다. 가슴에서 발버둥 치던 닭도 축 늘어져 있었다. 우리는 서로 아무 말 없이 제법 우람해 보이는 나무 밑을 깊게 판 후 닭을 묻었다. 닭의 목에서 쿨렁쿨렁 흘러나온 것 같은 붉은 석양이 새털구름 위로 번져갔다.

세상은 어쩌면 하나의 커다란 대장간인지도 몰랐다. 태양은 커다란 화덕이고 시우쇠인 우리는 심한 메질과 담금질로 제 모양을 찾아가는.

붉은 석양 기운이 다시 내 가슴 속으로 밀려들어 왔다. 바람 냄새를 비집고 청년의 땀 냄새가 물씬 풍겨왔다. 어이없게 공범이 된 탓인지 청년이 아주 가깝게 느껴졌다.

"근데 넌 왜 항상 혼자 다니니?"

나는 두서없이 지껄이고 싶었다. 헤르만 헤세를 좋아하며 30살 되기 전에 죽을 거란 얘기. 집시가 되고 싶다는 얘기. 저 석양에 목을 매달고 싶다는 얘기. 미친년처럼 해가 떨어지는 방향으로 하염없이 걸어가고 싶다는 얘기도.

그러나 이번에도 난 아무런 대답도 할 수 없었다.

땀을 흘린 뒤라서인지 어둠이 몰려오자 몸에 한기가 들었다. 재채기가 나오고 이마가 조금씩 뜨거워졌다. 순간 난 불

속의 호미처럼 내 몸이 고열 속에서 크게 한번 휘어지리라는 느낌이 들었다. 멀리서 희미하게 쇠 메질 소리가 들려오는 듯했다. 가만히 귀를 기울여보니, 그것은 바로 내 심장에서 나는 소리였다.

천축이어

태평양 연안에 사는 천축이어는 암컷이 알을 낳으면 수컷이 그 알을 입에 물고 부화시킨다. 입속에 알을 넣고 있으니 아무것도 먹을 수가 없다. 그래서 알들이 부화할 때쯤 되면 수컷은 급기야 굶어 죽고 만다.

수컷 펭귄은 알을 품는 150일 동안 물 한 모금 마시지 않는다.

그런 사랑까진 바라지도 않지만….

외로운
꼭짓점

태초에 점이 있었네. 그 점은 그저 외로움일 뿐이었네. 외로움 옆에 점이 하나 생겼네. 그 점의 이름은 너였네. 그리고 다시 또 하나의 점이 생겼네. 그 점의 이름은 상처라네. 1은 2를 낳고 2는 3을 낳고 3은 만물을 낳는다는 노자의 말은 정녕 옳았네. 나는 너를 낳고, 너는, 이후 모든 것이 상처였네.

토요일 4교시 수업은 미술이었다. 선생님은 추상미술의 창시자인 칸딘스키에 관해 설명하면서 그림도 색채와 점·선·면의 형태와 구도만으로 감동을 불러일으킬 수 있다고 설명했다.

그러고 보니 세상이 온통 '점, 선, 면'으로 이루어져 있는 듯했다. 교실 정면의 칠판도 4개의 선이 만나 사각형을 이루었고, 그 사각형 또한 무수한 작은 점으로 채워져 있었다. 면을 들여다보면 선이 보였고 선을 들여다보면 점이 보였다. 세상이 크고 작은 '점, 선, 면'으로 이루어진 거대한 추상화 같았다.

아이들이 선분을 그리고 있다.

내 유년의 도형 시간

A와 B 사이에 무수한 점들이 생겨났다.

그 점들이 자라 서 있거나 누워 있는 선이 됐고

충돌하고 이어지며 벽을 만들어갔다.

우리의 교실은 그렇게 완성됐다.

세상은 휘어지거나 꺾어진 선분과 선분의 만남이었다.

나를 중점으로 수많은 사랑과 눈물이 복제됐고

○거나 □,△인 관계가 만들어졌다.

그러나 난 외로운 꼭짓점이었다.

햇살이 눈 부신 날이면

내가 긋다 만 이등변삼각형이나 사각형들이

창밖으로 달아나

나무가, 잎사귀가, 바위가 되었다.

세상의 아름다운 모양은 몇 가지 대칭을 갖고 있다지만

나, 때때로 나무 그늘 아래

하나의 선분으로 누워 있고 싶었다.

상하좌우 수많은 대칭을 이루며

도형의 모습으로 서 있는 사람들

점은 선을, 선은 면을, 세모는 네모를, 네모는 동그라미

를 꿈꾸는

내 유년의 작도 시간

세상은 내 중점에 뾰족한 컴퍼스 다리 한 짝 꽂아놓고

여기저기 대칭이동을 시동하고 있었다.

모눈종이 같은 책상 칸마다

내가 갇혀

내가 갇혀

-졸시 '도형의 시간' 전문

교실 창문이 직사각형 형태를 유지할 수 있는 건 상하좌우 대칭 때문이 아닌가. 산다는 것은 무수한 대칭을 만들어가는 일인지도 모른다. 어머니와 나. 아버지와 나. 어머니와 아버지. 언니와 오빠. 어머니와 아버지와 언니와 오빠와 나. 몇 개의 대칭을 이루고 있는 사람들. 기왕지사 아름다운 대칭이 되면 좋으련만.

수업을 마치자마자 나는 제일 먼저 교문을 나섰다. 신촌역까지 가려면 조금은 서둘러야 했다. 대장간에서 대학생이 머리를 밀기 전 꼭 한번 만나자고 했다. 당시 교복 자율화가 시행된 지 얼마 되지 않아서 나는 비교적 가벼운 옷차림이었다. 조금은 생소하겠지만 잠시 그런 시절이 있었다. 한두 해 정도 자유복을 입던 시절, 아마도 내가 졸업한 이듬해부터 다시 교복을 입기 시작했을 것이다.

기타를 메고 삼삼오오 집결해있는 대학생들. 봇짐을 들고 서 있는 할머니. 광주리를 이고 있는 아줌마. 얼굴이 인디언 추장처럼 갈색으로 그을린 할아버지가 하얀 담배 연기를 뿜어내고 있는 대합실은 의외로 소박했다. 마치 곽재구의 시 '사평역'에 나오는 간이역처럼 겨울이면 톱밥 난로가 지펴지고 난로 위에서 손을 녹이며 고구마를 구워 먹을 것 같은 정겨운 느낌마저 들었다.

우리는 백마행 열차표를 끊었다. 종점이 문산인 그 열차는 역이란 역은 모두 멈추는 비둘기호 완행열차였다. 통일호나 새마을호가 지나가면 착한 시골청년처럼 잠시 열차가 지나갈 때까지 기다려 주었다. 그때마다 장난기가 발동한 학생들이 열차에서 뛰어내리거나 올라타는 묘기를 부리기도 했다. 그만큼 하염없이 느리고 하염없이 허름한 열차였다.

선로가 교차하는 지점에서 열차가 심하게 덜컹거리는 바람에 가슴이 눈에 보일 정도로 출렁였다. 그때 왜 그 생각이 떠올랐을까. 처음 엄마가 브래지어를 사다 주었을 때는 중학교 2학년 때쯤이었다. 엄마가 사준 하얀색 브래지어를 처음 가슴에 두른 그 날, 나는 까닭 없이 눈물을 흘렸다. 가슴을 꽉 죄여 오는 느낌과 함께 이제부터 어린애가 아니라는, 모르긴 해도 앞으로 내 생활이 이렇게 조여 올 것만 같았다. 공기놀이도 고무줄놀이도 해서는 안 될 것 같았다. 브래지어가 비치는 옷을 입어도 안 되고 다리를 벌리고 앉아 있어도 안 될 것 같았다. 알 수 없는 갑갑함과 함께 발갛게 상기된 유두가 면도날에 스친 것처럼 아려왔다.

그렇게 한 시간 남짓 달렸을까. 우리는 백마역에서 내렸다. 군데군데 물푸레나무가 무성하고 온통 논밭이 펼쳐진, 조금은 황량한 전형적인 농가가 펼쳐졌다. 그는 이곳에서 아는 선배가 주점을 한다고 말했다. 축사가 가까이 있는지 소똥 냄새가 더운 바람을 타고 훅 끼쳐왔다.

선배가 한다는 주점은 외줄기 철길 옆에 있었다. 대학생들에겐 많이 알려진 곳이었는지 이른 시간인데도 빈 좌석이 없을 정도였다. 은은한 통나무 내음과 커다란 접시에 푸짐하게 담겨 나온 파전 한 접시. 창틀에는 온갖 낙서가 빽빽했다. 그 중에 '군부독재 타도 민주주의 만세' 라는 단어도 눈에 들어왔다. 나는 막걸리 몇 잔에 벌써 취기가 돌았다.

"오늘 좀 늦게 들어가도 되지?"

우리는 외줄기 철길로 나왔다. 워낙 기차가 뜸하게 다녀서인지 어떤 연인은 선로 자갈길을 자박자박 밟으며 걷고 있었고 어떤 연인은 평행봉 위의 선수처럼 두 팔을 벌린 채 선로 위에서 중심을 잡으려 비틀거리고 있었다.

"저 평행 선로를 너무 오래 걸으면 헤어진대."

막걸리 트림이 올라오면서 술이 조금 깨는 느낌이었다. 그러자 선로가 두 개의 곧은 직선처럼 보였다. 그 끝에는 '점'이 있겠지. 저 선로는 두 개의 '점'일 뿐이고 교차점이 없는 저 선로는 그저 평행일 뿐이겠지. 나는 하염없이 평행인 선로 위에 평행의 어둠이 내리는 것을 보면서 그제야 집에 갈 시간이 지났다는 것을 알았다. 하지만 그 시절 흔하디흔한 일처럼 막차는 이미 떠난 뒤였다.

"손만 잡을게."

대학생이 수줍은 듯 말했다. 그가 대합실에서 내 손을 잡았다. 수평 같은 손이었다. 그렇게 우리는 손만 잡은 채 밤새 대합실에 앉아 있었다. 손바닥에서 출발한 수많은 '점'이 수많은 '선'의 혈관을 타고 뜨겁게 꿈틀거렸다.

날이 이슥해질수록 풀벌레 소리가 더 크게 들려왔다. 보리밭 사이사이 꽥꽥거리며 토하는 소리, 부르짖듯 '타는 목마름으로'를 외치는 소리 등이 창문 너머에서 들려왔다.

그때 우리는 좋아하는 연인 사이도 아니었다. 그저 막차가 떠난 대합실에 덩그렇게 남겨진 청춘들일 뿐이었다. 하지만 그 감정은 내가 처음 중학교 2학년 때 가슴에 브래지어를 둘

렀을 때처럼 답답했다. 마치 유두가 날카로운 풀잎에 베인 것처럼 아려오는 느낌이랄까.

창 너머 검은 하늘에서는 별이 쏟아질 듯 반짝였다. 나는 점점이 반짝이는 별을 따라 선을 이어갔다. 그러자 오늘 낮에 들었던 점, 선, 면의 이야기가 다시 떠올랐다. '점'을 이으니 '선'이 되었다. '선'을 이으니 이윽고 북두칠성의 곰 자리가 완성되었다. 어쩌면 나는 오늘 슬픈 선분 하나를 그렸는지도 모른다. 나는 아름다운 대칭이 되고 싶었다. 그러나 오늘만큼은 난 외로운 꼭짓점이었다.

쥐는 소보다
힘이 세다

겉으로는 비교적 평온한 나날을 보내고 있었다. 하굣길에 종종 대장간 앞에 서서 쇠메질 소리를 들었다. 그때마다 군에 간 대학생을 잠시 떠올려보기도 했다. 닭을 묻어주었던 그 능선에 올라 석양을 하염없이 바라보면서 알 수 없는 슬픔에 빠지기도 했다.

달라진 것이 있다면, 그즈음 유난히 우리 집에 쥐가 많이 들끓기 시작했다는 것. 길거리와 인접한 데다 근처에 공터가 있어서인 듯했다. 그날 아침도 나는 '에구머니나' 엄마의 비명에 잠이 깼다. 찍-찍-찍-찍 공포에 질린 쥐 울음소리가 들려왔다. 또 한 마리가 잡힌 것이다. 엄마는 쥐가 끓으면 우환이 생긴다며 쥐잡기에 혈안이 돼 있었다. 잡은 쥐를 차마 직접 죽일 수 없었던지 엄마는 양동이에 물을 가득 담고 쥐덫을 통째로 풍

덩 담갔다. 쥐는 덫의 무게 때문에 물속에 잠긴 채 허우적거리다 벌컥벌컥 기도가 막혀 결국 세상을 하직했다.

더는 이불 속에 있기를 포기하고 자리에서 일어났다. 오빠는 지난밤에도 집에 들어오지 않았다. 한 덩이 어둠이 오빠의 자리 위에 놓여 있었다. 오빠는 대학 2학년이다. 입대할 때가 되긴 했지만, 아직 학기 중인데 갑작스럽게 영장이 나왔다. 오빠는 알고 있는 것인지. 오후에는 오빠가 다니는 학교에라도 가보아야겠다고 생각하며 집을 나왔다.

사거리에서 버스를 기다렸다. 학교 근처에 대학교가 있어서 우리는 심심찮게 최루 가스를 마셨다. 최루탄이란 말 그대로 눈물샘을 자극하는 일종의 독가스인데 눈물을 흘리면 얼굴이 쓰려 오며 빨갛게 부풀었다. 하필이면 왜 최루일까. 안 그래도 울고 싶은 일 투성인데. 하지만 오늘은 최루탄 가스를 핑계 삼아 울고 싶기도 했다. 사람의 감정에 따라 눈물의 짠맛도 다르다고 한다. 특히 분노에 찬 눈물은 기쁘거나 슬플 때의 눈물보다 더 짜다고 하는데, 최루 가스 때문에 흘린 우리의 눈물은 짠맛 대신 톡 쏘는 겨자 맛이 날 것만 같았다.

나는 비를 잔뜩 머금은 먹구름 같은 마음을 품고 오빠네 학교로 향했다. 입구에는 토플 현수막, 고시 합격 축하 플래카드, 자유게시판이 차례로 보였다. 2미터는 족히 될 게시판에는 시대를 풍자한 만화가 잔뜩 그려져 있었다. 입구에서부터 대자보가 쭉 붙어 있었다. 빨간 매직이 돋보이는 대자보에는 언뜻 '박살내자'라는 낱말이 보였다. 광주 사태 진상을 규명하자는 내용과 관련 사진이 붙어 있었고 '미제를 타도하자.'라는 현수막도 보였다.

서녘 햇살이 길게 대자보를 더듬었다. 교양관 쪽에서 북소리가 울렸다. 굿거리장단이었다. '덩 기덕 덩 더러러러 쿵 기덕 쿵 덕. 국민 기만하는 군부는 물러나고 어용교수 물리쳐서 학내민주 쟁취하자.' 그때 나는 구호 일색인 대자보에서 조금 다른 글을 하나 발견했다. 며칠 전 오빠가 구겨버린 종이에서 읽은 바로 그 글이었다.

「옛날에 말입니다. 아주 옛날 조물주께서 천지를 창조한 뒤에 말입니다. 동물들에 통보했습니다. 십이지를 열두 동물로 상징하겠노라고 말이지요. 모날 모시에 약속장소에 도착한 순서대로 열두 동물에게 각각 시간과 방향을 맡아 지키고 보호하는 영예를 주겠다고 말입니다. 천성의 부지런함으로 소는 일찌감치 출발해 약속장소를 향해 부지런히 걸었답니다. 미련할 만큼 쉬지도 않고 뚜벅뚜벅 말이지요. 드디어 약속장소에 도착했다고 생각한 순간, 쥐가 폴짝 뛰어내리더랍니다. 소의 귀에 타고 있다 약속장소에 도착한 순간 쥐가 먼저 스타트라인을 끊은 것이지요. 그렇게 쥐는 일등이 되었습니다. '자축인묘진사오미신유술해'는 이렇게 정해진 것입니다.

그런데 이 이야기가 요즘 왜 이리 아프게 다가오는 것일까요. 천형에 가까운 우직함으로 민중이 피땀 흘려 역사의 황무지를 갈아놓으면 약삭빠른 지식인입네 하는 사람들이 소귀에 숨어 있다 뛰어내리는 것은 아닌가요? 그래서 주체인 민중보다 그들이 늘 서열상 앞서 있는 것은 아닌가요?

오늘 이 시간 문득 그런 생각이 듭니다. 학우 여러분 우리는 혹시 쥐처럼 살고 있는 건 아닌지요….」

여기까지 읽으면서 문득 나는 '쳣과'일까 '솟과'일까 잠시 생각에 잠겼다. 어쩌면 나는 이 두 개의 갈등 사이에서 영원히 허우적거리지는 않을까. 오빠는 '쳣과'일까 '솟과'일까. 선택은 늘 갈등의 모습으로 걸어온다. 나는 오빠의 데모를 엄마에게 고자질할 것인가, 말 것인가. 선택 사이에는 깊은 웅덩이가 있다. 조심해야 했다. 어떤 질문은, 질문이 답인 경우가 있는 것처럼 어떤 선택은 최선이 아니라 나머지 것을 선택하지 않기 위해 선택하는 경우도 있기 때문이다.

오빠는 나를 발견하고 대열에서 이탈해 다가왔다. 나는 오빠에게 입영 통지서를 내밀었다. 오빠의 얼굴이 잠시 흙빛으로 변한 것은 늦은 해거름 때문일 것이다. 젊음이 저토록 왜소하다니. 오빠의 청바지 무릎이 앞으로 나와 있었는데 그 모습이 금세 무릎을 꿇을 것처럼 보였다.

아버지를 가장 많이 닮았다는 오빠는 말없이 다시 대열 속으로 걸어갔다. 나는 그 뒷모습에서 문득 오빠가 스스로 입대를 자원했을지도 모른다는 생각을 했다. 오빠는 최선의 선택이 아니라 나머지 것을 선택하지 않기 위해 군을 선택했을지도 모른다고. 아침에 유난스럽게 찍찍거리던 쥐 울음소리가 북소리를 타고 환청처럼 들렸다. 그러면서 어디선가 쥐덫이 닫히는 소리가 다시 한 번 크게 들려왔다.

찌그러진 사각형과
일그러진 힘

그때 나는 '사도세자'에 관한 책을 읽고 있었다. 사도세자가 쌀을 보관하는 뒤주에 8일간 갇혀 굶어 죽었다는 내용이었다, 마침 오빠가 입대할 때 입고 간 '민간인복'이 왔다. 오빠가 상자 속에 한 벌의 옷으로 접혀 있는 것 같다는 생각이 들면서 사각 뒤주 속에 갇힌 사도세자와 자꾸 겹쳐졌다.

오빠는 어쩌면 달라질지도 모른다. 경계선을 넘으면 베일 것 같은 날 선 '군복'의 오빠가 규율과 제도를 구겨버린 것 같은 헐렁한 '민간인복'의 그 오빠와 같을 수는 없을 것이다. 어떤 옷을 입느냐에 따라 그 사람의 생각도 달라지는 법이니까. 복장이 생각과 행동을 무의식적으로 지배하는 법이니까.

그런데 상자에 허물처럼 담겨온 셔츠를 보자 오빠가 스스로 사각 뒤주에 구겨져 들어가기라도 한 것처럼 괜히 슬퍼졌다.

알다시피 사도세자는 뒤주에 갇혀 죽었다. 그것도 영조인 친부에 의해서. 이 사건을 역사적이고 정치적인 사건으로 해석하는 이들이 대부분이지만 난 지극히 개인사적인 측면으로 읽혔다. 그 부자는 둘 다 극단적인 강박증 환자였을 것이다.

아버지 영조는 외향적 강박증 환자. 그는 밖에서 돌아오면 옷부터 갈아입었고, 불길한 얘기를 하거나 들은 뒤에는 귀를 씻고 양치질을 했다고 한다. 심지어 기분에 따라 출입하는 궁문도 달랐다. 만안문을 들어서는 날은 우울한 날이고, 경화문을 들어서는 날은 기분이 좋은 날이었다. 이런 강박증적인 성격은 호불호도 분명해 한번 싫으면 무조건 싫어했다고 한다. 특히 사도세자의 우유부단함과 실수들을 절대로 용납하지 못했다. 무조건 싫어한 자식 중의 하나가 바로 사도세자였다고 하니까.

아버지의 이런 강박증적인 기질을 내림한 사도세자는 또 다른 의미에서 강박증 환자로 보인다. 그러나 아버지 영조와는 달리 성격이 점액질 적이고 내성적이었으며 옷을 갈아입는 것을 극도로 싫어했다. 한번 옷을 갈아입히려면 10벌쯤 준비해두어야 했지만, 이것저것 트집 잡아 불태워버리거나 없애버리기 일쑤였다. 간신히 옷을 갈아입으면, 때가 덕지덕지 앉을 때까지 절대로 갈아입지 않았다. 그런데 특정한 옷에 대해서는 이상한 집착이 있어, 궁녀의 옷이나 상궁의 옷을 보면 입고 싶어서 자제력을 잃었다.

무수리 출신 어머니를 둔 영조는 출신에 대한 열등감 때문에 42살에 귀하게 얻은 세자를 훌륭하게 키우고 싶은 열망이 있었을 것이다. 어릴 때부터 요즘 말로 영재교육을 시켰다. 사도세자는 3살 때 효경을 외웠고, 7살 때 동몽선습을 독파할 정도로 비범한 모습을 보이기도 했다. 그러나 한 치의 실수도 용납지 않는 엄한 아버지 밑에서 결핍된 어린 시절을 보냈기에 성격이 기이해질 수밖에 없지 않았을까.

어느 정도 신뢰할 수 있는 이야기인지는 모르지만, '임오화변'이라 부르는 이 사건이 내게는 자꾸 두 강박증 환자가 벌인 비극적 해프닝으로 읽혔다. 심지어 벗어버릴 수 없는 옷에 관한 상반된 기호를 가졌던 두 강박증 부자의 이야기로 내겐 각인되곤 하였다. 사실, 이 땅의 아버지들은 아들, 특히 장손에 대해 지나친 강박증적 기대를 갖고 있는 것은 아닐까.

아버지는 강박증 환자였다. 반듯한 네 꼭짓점을 붙들고
서야 비로소 균형 잡는 '마주 보는 변의 길이가 다르거나'
'마주 보는 두 쌍의 길이가 평행이 아닐 때' 떨어진 모서리
한 조각 주워들고서도 정맥이 불거지는 아버지는 사각 뒤
주였다. 난 영원한 의대증衣帶症환자였으므로 이 옷 저 옷
기웃거릴 뿐 스스로 신분을 끊을 수도 다른 신분으로 갈아
입을 수도 없었다. 사각 뒤주는 유일한 내 도포였다. 윤달
같은 골방이었다. 아버지에게 우린 언제나 다운증후군에
걸린 딸들이거나 정신분열의 아들들이었으므로 아버지는
뒤주 하나씩 던져주고 이상하게도 밤마다 우리는 네 각이
거세된 방을 꿈꾸었다. 학질에 걸린 세상. 달도 꽃도 나무
도 모두 네모나게 보일 때쯤 문득 사각형의 내가 삐걱삐걱
소리를 내며 네모나게 굴러갔다. 내 혁명은 고작 바람이거
나 별이거나 어쩌다 왕실의 미늘창을 기웃거리는 자귀나
무쯤이었으므로 모든 불행은 아버지의 힘이 넘칠 때 시작
됐다. 불화의 전모를 알 수 없는 뒤주 속에서 이 땅의 의심
많은 아버지와 유약한 아들들이 일가 家를 이루고

(가로인 어머니의 길이)x(세로인 사도세자의 길이)x(아버지의 높

이)=사각 뒤주의 부피

강남구 압구정동 어느새 높게 키가 자라 있는

사각 뒤주와 뒤주 사이

눈물 많은 어머니들 밑넓이로 누워 있으면

주먹 센 아버지, 그 각을 밟고 섰고

우유부단한 아들이나 딸들,

대칭을 이루며 한 변을 쏘아보고 있었다.

사각 숲 모서리 모서리들 속으로

익명의 수많은 사도세자들이 걸어 들어가고 있었다.

–졸시 '사각 뒤주의 추억' 전문

아버지는 잠시 숨을 멈춘 종자 같았다. 혈통을 이어가기 위

한 휴면상태. 앞에서도 언급했지만, 아들이 없던 할아버지는

40살 넘어 양자를 들이고 나서야 늦둥이를 줄줄이 3형제나

보게 되었다. 그 중의 첫째가 아버지였다. 그렇게 어렵게 얻은 종손에게 아들이 없자 집 안에서는 다시 지금의 어머니와 결혼을 시킨 것이고 지금의 오빠, 단 하나의 종자를 간신히 얻을 수 있었다. 아버지는 그 외로운 종자 안에 어떤 유전자 정보를 담고 싶었던 것일까. 그토록 무심하고 무관심한 아버지도 대학생들의 데모에 대해서는 철없는 짓이라고 한마디 하며 반감을 표시하곤 했다. 상자 안에는 오빠의 옷과 함께 편지도 한 통 들어 있었다.

「…아버지 그리고 어머니, 조금 전 신병훈련이 끝났습니다. 곧 자대 배치가 되겠지요. 그날 아버지의 손을 기억하고 있습니다. 우연인지 아니면 아버지가 일부로 오셨는지 알 수 없지만 가투를 벌이던 날 아버지가 그곳에 나타나셨지요. 아버지는 다짜고짜 다가와 제 손을 끌어당겼습니다. 그리고 손가락 깍지를 끼고 놓아주지 않으셨습니다. 저는 이 세상에서 그렇게 앙상하고 악력이 센 손은 처음이었습니다. 단단한 나무뿌리가 내 손을 얽어매는 기분이었습니다. 그런데 참 이상하지요. 그 뿌리에서 세찬 물줄기가 내 혈관을 타고 흐르는 기분이었습니다. 아버지, 까닭 없이 피가 끓어오르고는 했습니다. 군대는 어쩌면 제 청춘의 푸른 골방인지도 모르겠습니다….」

오빠의 편지는 그다음부터는 의례적인 이야기로 채워져 있었다. 군기가 각 잡힌 군복 같은 내용이었다. 나는 엄마에게 큰 소리로 편지를 읽어주었다. 어떤 구절에서는 엄마의 요청으로 몇 번씩 다시 읽었다. 그러는 사이 으스름 햇살이 편지 위로 스멀스멀 기어올랐다. 조국을 위해 자랑스러운 아들이 되겠다는 말을 끝으로 난 편지를 접었다.

창밖을 보았다. 산동네에서 내려다보니 세상은 첩첩이 쌓인 사각형의 형국이었다. 높은 빌딩과 빌딩 사이로 둥그런 해가 조금씩 가라앉았다. 문득 사각형이란 4개의 힘으로 균형을 유지하고 있는지도 모른다는 생각이 들었다. 중력과 항력, 추력, 양력. 아래로 누르는 힘과 비상하려는 힘, 앞으로 나아가려는 힘과 뒤로 당기는 힘. 그 네 가지 힘의 조화가 진정한 사각형의 모습이 아니던가. 산다는 것은 어쩌면 '중력을 견디는 일'이고 아버지는 중력과 항력, 추력, 양력 그 교차점에서 안간힘을 썼는지도 모른다. 그러나 아버지는 '찌그러진 사각형'

이었고 우리는 '일그러진 힘'이었다.

　나는 오빠의 민간인복과 편지가 들어 있는 상자를 다시 잘 접었다. 오빠 말대로 '청춘의 푸른 골방'처럼 상자는 마지막 스러지는 석양을 받으며 우울하게 빛나고 있었다.

아무튼
인생이란

　입대한 오빠의 빈자리는 생각보다 컸다. 엄마와 난 배추김치를 쭉쭉 찢어먹다 왈칵 목이 메었고 오빠가 좋아하는 음식만 봐도 눈시울이 뜨거워졌다. 신발장에서 오빠의 철 지난 신발을 발견하거나 고스란히 벗어놓은 옷가지들이 장롱에서 곰팡내를 풍길 때, 엄마와 난 다시 한번 오빠의 빈자리를 더듬거려야 했다. 그렇게 오빠는 우리의 생활 주변에서 서성이다 이따금 엎질러진 커피처럼 식탁을 진하게 물들였다. 그래도 우린 살아야 했으므로 난 간판도 없는 구멍가게에서 막걸리를 샀고, 언니는 나팔꽃이 무단으로 기둥을 점거한 야매 미장원에서 나팔꽃 넝쿨처럼 돌돌 말린 파마를 했다.

　엄마가 나름 찾은 일이 위탁모였다. 돌이켜보면 아버지의 호적에 숨어 있던 엄마가 미혼모의 아이들을 키우게 된 것이야말로 운명 같았다.

'홀트아동복지회'는 홀트라 불리는 할머니가 한국전쟁 당시 8명의 한국 전쟁고아를 입양한 것을 계기로 주로 해외입양을 주선하고 있었다. 전쟁이 끝난 지가 언젠데 아직도 해외입양이냐고 할 수 있지만 들리는 말에 의하면 여자아기는 괜찮은데 사내아기는 국내입양이 어렵다고 했다. 혈통에 대한 고정관념 때문인 듯했다. 아무튼 엄마는 바로 그 '홀트아동복지회'에서 위탁모 일을 시작했다. 양부모가 생기기 전까지 아이를 돌봐주는 일이었다. 짧게는 1개월, 길게는 1년 넘게 돌본 아기도 있었다.

대부분 미혼모의 아기들이었다. 부모가 이혼해서 온 아기. 심한 경우 미성년의 아기도 있었다. 임신한 줄도 모르고 지내다 화장실에서 낳았다는 아기. 임신 막달까지 배를 꽁꽁 싸매고 있다가 인큐베이터 신세를 져야 할 만큼 체중 미달로 나온 아기도 있었다.

엄마가 처음 위탁받은 아기는 사내애였다. 대학생인 아기의 엄마가 어떻게든 아기를 키워보려 했지만 결국 복지회에 맡겼다는 이야기만 전해 들었을 뿐이다. 생모에 관한 정보는 금기

사항이어서 사실 확인이 힘들었다. 다만 아기가 뽀얗고 귀티가 나는 게 아마도 생모의 손길을 탔을 것으로 추측할 뿐이었다.

아기의 출현은 오빠의 부재로 우물 속 같던 집안 공기를 바꾸기에 충분했다. 이제 막 뒤집기를 시작했으며 배를 밀고 조금씩 앞으로 나가는 모습에 우리 식구는 손뼉을 치고 환호했다. 보드라운 속살과 달달한 분유 냄새. 딸랑이만 흔들어도 까르르 웃는 아기 생각에 하굣길에 쪼르륵 달려올 정도였다.

엄마의 얼굴에도 화색이 돌았다. 들통에 젖병을 일렬로 세워 펄펄 끓는 물에 매일 소독했고, 하얀 기저귀를 삶아 공터 햇빛 바른 곳에 말렸다. 그 하얀 기저귀가 국숫발처럼 길게 늘어져 흔들릴 때면 햇빛이 장대비처럼 쏟아져 내리는 것 같은 착각이 들곤 했다.

엄마는 흰 쌀을 갈아 푹푹 끓였다. 그 걸쭉한 미음을 체에 쳐 맑게 걸러낸 다음 분유를 타서 한 번 더 끓이고 난 뒤 아기에게 먹였다. 유독 엄마가 키운 아기가 토실토실한 것은 그 미음 덕분이 아니었을까.

'홀트아동복지회'에서는 나름의 지침이 있었고 탁아교육도 철저히 했다. 하지만 엄마는 시간 맞춰 우유를 주라는 말도 무시하고 아기가 울면 젖병부터 입에 물렸다. 엄마는 정말 아기를 좋아하는 것 같았다.

가장 괄목할 만한 변화는 아버지였다. 아버지가 꼬박꼬박 집에 들어오기 시작했다. 물론, 오래 머물진 않았다. 아버진 비탈길도 늘 뛰어서 오르내렸고 식사도 규칙적인 속도전일만큼 성격이 급했으니까.

그런 아버지가 집에 들어와 저녁 식사를 하고 한두 시간 아기와 함께 보낸다는 것은 대단한 변화였다. 아기에 대한 아버지의 애정표현은 끝없이 뭔가 먹을 걸 준다는 점이었다. "이눔 봐라" 하면서 배부른 아기에게 젖병을 물리고 남은 이유식을 먹였다. 아기가 받아먹는 모습이 뭐가 그리 우습다고, 혼자 너털웃음을 웃기도 했다. 아버지는 엄마의 쿠사리를 들으면서도, 들은 척도 하지 않는 우리에게도 계속 "이눔 봐라," 하면서 아기에게 뭔가를 먹였다.

그날도 마찬가지였다. 아기가 '홀트아동복지회'에 다녀오느라 힘이 들었는지 우유를 다 토한 채 숨을 거칠게 내쉬었다. 그렇게 순한 아기의 볼이 상기된 걸 보면 열이 오른 것도 같았다. 그런 아기에게 아버지는 가장 아끼는 꿀을 먹였다. 아버지는 꿀에 대해 맹신하는 편이었다. 꿀이야말로 신이 내린 만병통치약이라는 것이다. 세상에서 썩지 않는 유일한 음식이라나. 그래서 아버지 머리맡에는 늘 꿀이 있었다. 눈을 뜨면 아버지는 제일 먼저 꿀 한 숟가락을 드셨다.

그렇게 아끼는 꿀을 아버지는 아픈 아기에게 준 것이다. 달달한 꿀이 입술을 적시자 아기도 아마 열심히 빨아먹었을 것이고 아기가 맛있게 먹자 아버지는 또 한 수저를 넣어 주었을 것이다. 어른도 빈속에 꿀을 과하게 먹으면 속이 아려 뒤집어질 텐데. 아기의 장은 아직 미성숙해 박테리아를 이겨낼 수 없다. 아버지가 미처 '영아 보틀리즘'이란 병까진 알지 못했겠지만.

결국, 그날 밤 사달이 나고 말았다. 아기는 점점 거칠게 숨을 내쉬었고 손발이 마비되듯 뻣뻣해졌으며 얼굴이 파랗게 질려갔다. 심상치 않은 모습에 엄마는 아기를 들쳐 엎고 난 기저귀 가방을 든 채 밖으로 나왔다. 골목은 어두웠다. 산동네 비탈길을 한참 내려와 겨우 택시를 잡았다. '홀트아동복지회'의 협력병원인 연대 세브란스병원으로 달리는 내내 아기의 거친 숨소리에 내 심장박동도 거칠어졌다. 불길한 어둠이 차보다 빠르게 질주하고 있었다.

돌아갈 수
없는 집

링거주사를 머리에 꽂고 팔다리를 허우적거리는 아기의 모습은 내 마음을 아프게 했다. 갓난 아기일수록 혈관이 잘 나오지 않아 머리에 주삿바늘을 꽂는다. 우리 아기도 위험한 고비를 넘긴 뒤 머리에 링거 바늘을 꽂은 채 잠들어 있었다.

그러나 아기와 헤어질 시간은 기어이 다가오고 말았다. 퇴원하자마자 해외입양이 정해졌던 것이다. '홀트아동복지회'에서는 아기의 양부모가 확정되면 위탁모에게 사진을 보여주었다. 양부모는 옆구리가 흘러넘치는 햄버거 같은 고도비만의 노란 머리 여자와 남자였는데, 웃는 얼굴이 그리 나쁜 사람들 같아 보이진 않았다. 자신들의 아이인 듯한 사내애가 염소에게 당근을 주는 모습, 마당에서 강아지를 안고 있는 모습 등의 사진도 함께 있었다. 시민아파트 그것도 지하와 같은 1층에 살고 있던 우리에게 푸른 잔디 위의 하얀 집은 꽤 여유로워 보였다. 노심초사하던 엄마도 사진을 보고는 조금 안심하는 눈치였다.

위탁모를 하다 보면 간혹 아이가 커가는 모습의 사진들과 함께 편지를 보내오는 양부모도 있었다. 그럴 때면 엄마는 외국어 편지를 나에게 읽어달라고 했는데 필기체로 갈겨쓴 암호를 어찌 다 해독할 것인가. 나는 인상을 찌푸리고 읽는 척하다가 "잘 지내고 있고 엄마에게 고맙대."라고 말하곤 했다. 그러면 잠시 엄마의 이마 주름이 부드럽게 풀어졌다.

위탁모 10년 차쯤 됐을까. 엄마가 양부모의 초청을 받아 미국과 독일까지 다녀왔다. 당시 엄마는 남대문 시장에서 색동 한복을 입은 인형과 복조리개 등을 샀다. 입양된 아이들에게 줄 선물이었다. 이미 훌쩍 커버린 아이들에게 생모도 아닌 위탁모는 얼마나 낯설고 어색한 존재였을까. 위탁모가 내미는 작고 조악한 선물을 받고 어떤 기분이 들었을까. 피 한 방울 끌림도 없고 말 한마디 통하지 않는 '잠시 길러준 엄마'가 그들에겐 자신을 버린 초라한 조국의 모습은 아니었을까.

또 반대로 양부모들이 간혹 입양아를 데리고 한국에 방문하기도 했다. 자신들이 입양한 아기가 어떤 곳에서 어떻게 자랐는지 확인하고 싶다고 해서 우리 가족을 잔뜩 긴장시키기도 했다.

세상에는 세 종류의 엄마가 있는 것 같다. 생모, 위탁모. 양모. 그중에서 위탁모는 죄를 가장 많이 지은 사람에게 맡겨지는 악역 같았다. 그렇지 않고서야 한두 번도 아니고 어떻게 그렇게 많은 생이별을 견뎌야 한단 말인가.

입양되는 날 아침이었다. 물론 '홀트아동복지회'에서 준비해 온 옷으로 갈아입힐 것이었지만 엄마는 그중에서도 제일 예쁜 옷을 아기에게 입혔다. 그리고 발에도 가장 예쁜 양말을 신겼다. 아기는 독일로 가는 한 대학생에게 맡겨진다고 했다. 그 시절 종종 비행기 삯을 아끼기 위해 유학생이나 가난한 여행자가 입양아를 목적지까지 데려다주곤 했다. 엄마는 아기를 조용하게 '운반'하기 위해 수면제 같은 약을 먹일지도 모른다는 쓸데없는 걱정까지 했다. 나는 아기의 식습관 등이 적힌 종이를 접어 엄마 가방 속에 넣었다.

아기도 다른 날과는 달리 자꾸 칭얼댔다. 자신이 떠난다는 것을 아는 것처럼. 우유도 잘 먹지 않았다. 그제야 나는 "우리가 지금 무슨 짓을 하는 거지…? 아기를 꼭 이렇게 해외로 입양시켜야만 할까?" 하는 생각이 들었다.

내가 잠시 사회복지학 전공을 생각해 본 것도 이 때문이다. 아기는 낯선 환경에서 생소한 사람과 얼마나 부대낄까. 키와 생각이 자라면서 자신의 피부색과 검은 머리를 어떻게 받아들일까. 자신이 왜 이곳에 있는지 알까? 아기를 업고 나가는 엄마의 뒷모습을 보며 나도 모르게 눈물이 핑 돌았다.

다시는 돌아갈 수 없는 집이 있다.

다시는 꺼내면 안 되는 고백이 있다

쓴 커피 같은 어둠이 엎질러진 방에

가지런한 것은 지난 겨울을 차곡차곡 개어놓은 이부자리

다시는 펼치면 안 되는 계절이 있어

돌아가는 길은 멀기만 하다.

웃자란 길과

더는 새살이 돋지 않는 나무

담을 덮어버린 숲

앞으로 가던 바람이 뒤돌아본 울타리

병든 강아지 한 마리 굳어가는 다리를 핥고 있다.

-졸시 '귀가' 전문

가장 슬픈 일은 돌아올 수 없는 길을 떠나면서도, 자신이 왜 떠나는지조차 모르는 일일 것이다. 그들이야말로 귀가할 곳이 없는 인생이기 때문이다.

눈물처럼 흐려지는
길을 따라

엄마가 골목 입구에 들어설 땐 대부분 어스름한 시간이었다. 아기를 업은 채 깡통 분유가 가득 든 가방을 손에 들고있거나 아니면 조금이라도 청과물을 싸게 사기 위해 도매시장에 다녀올 때이다. 난 엄마의 무거운 짐을 들어주기 위해 골목 어귀에서 기다리곤 했다.

엄마를 기다릴 때면 늘 배가 고팠다. 저녁을 먹이려 아이들을 불러들인 골목은 생선 굽는 냄새가 구불구불 떠다니고 구수한 밥 냄새가 무거운 안개처럼 가라앉았다. 그때쯤 엄마는 당신의 몸보다 더 큰 보따리를 머리에 이고 두 손에 보따리를 쥔 채 아슬아슬한 모습으로 나타났다.

나를 발견한 엄마의 첫마디는 늘 같았다.

"배고프지?"

그럴 때마다 나는 아니라고 고개를 잠시 저었다. 초여름이면 엄마의 몸에서 땀 냄새가 훅 끼쳐왔는데 조금은 독한 비린내 같기도 했다. 오나트릭스 불나방은 짝짓기 후 암컷에게 '독'을 선물한다고 했던가. 정액에 남아 있는 독냄새가 얼마나 고약한지 다른 포식자들이 감히 접근을 못 한다고 한다. 그것 때문에 목숨을 부지하고 새끼들을 보호할 수 있다는 것이다. 마치 엄마의 독한 땀 냄새가 우리를 보호해주기라도 하는 것처럼.

시장에서 돌아오는 엄마의 모습은 세월이 지난 지금도 잊을 수가 없다.

그 길을 보고 있으면

길 끝에서 엄마가 걸어나올 것 같아

봇짐처럼 정수리 가득 무거운 석양을 이고

눈물처럼 흐려지는 길을 따라 출렁출렁

오실 것만 같아

미나리며 깻잎, 열무에 총각무까지

머리 위에서 푸른 줄기들이 면류관처럼 자라고

염소 눈동자에 비친 노을처럼 쓸쓸한 것은 없지만

그 길에서 홀로 나오는 엄마.

검은 염소 닮았네.

엄마, 우리 엄마

내 앞가림하며 살기도 힘들어.

언제쯤 엄마 짐 받아줄 수 있을까.

기다림을 숨기고 길은 오늘도 저 혼자 달려가고….

　-졸시 '검은 염소 닮았네' 전문

　아기를 비행기에 태워 준 그 날 엄마는 큰 보따리를 머리에 인 대신 가벼운 손가방 하나만 든 채 터덜터덜 골목을 들어섰다. 눈이 퉁퉁 부은 채.

　엄마의 가방 속엔 아기가 먹다 남은 우유가 몽글몽글 병 속에서 부풀어 오르고 있었다. 아기의 침을 닦아 주던 손수건. 공갈 젖꼭지. 아기의 체온이 축축하게 배인 기저귀. 그리고 갈아입히고 싸 온 옷가지를 쓸쓸하게 꺼내놓다 엄마가 갑자기 통곡했다. 어쩌면 엄만 아기 때문에 우는 게 아닐지도 몰랐다. 군에 간 오빠가 그립고, 이렇게 생이별 해야 하는 엄마의 팔자가 한스러워 우는 것일지도 몰랐다. 그런 쓸쓸한 끈조차 놓을 수 없는 삶이 서러워서일지도 몰랐다.

다시는 아기를 키우지 않겠다던 엄마는 결국 그 적막감을 견디지 못하고 며칠 후 다시 새로운 아기를 데려왔다. 이제는 엄마도 나름 요령을 터득했다. 갓 태어난 신생아 위주로 아기를 데려오기 시작했다. 돌이 지나 아기가 낯을 익히면 떠나보내기 힘들다고 아예 갓난아기만 데려왔다. 엄마는 철저히 '임시 엄마'가 되기로 작정한 듯했다.

그런데 아기들이 이상했다. 우리가 흔히 떠올리는 그런 새근새근한 모습은 별로 없었다. 자다가도 깜짝깜짝 놀랐으며 미간을 잔뜩 찌푸린 채 콧등에 주름이 잡히도록 인상을 썼다. 생모의 불안한 태교 때문일까. 태열기로 성난 얼굴이 벌게지도록 밤이고 낮이고 울어댔다. 엄마는 아기를 안고 밤을 새웠으며 나도 잠을 설치기 일쑤었다. 그런데 신기하게도 엄마의 손길이 닿으면 백일 전후부터는 아주 순해졌다. 엄마의 이런 아기 돌보는 솜씨가 소문이 나며 여기저기서 사람들이 찾아오기 시작했다.

위탁모에겐 몇 가지 지켜야 할 수칙이 있었다. 그중의 하나가 어린 자녀가 있어도 안 되고 남의 집 아이를 함께 맡아서도 안 된다는 것이었다. 처음에는 엄마도 거절했다. 그런데 사람들이 막무가내로 찾아오면서 점점 거절하기 힘든 상황들이 생겨났다.

특수한 동네 환경 탓도 있었다. 청계천 시장이 가까운 동네여서 미싱사나 재단사 부부들이 많았다. 조용한 정오, 여기저기서 드르륵 미싱 밟는 소리쯤은 흔히 들을 수 있는 동네였다. 아빠가 양복재단사인데 수술을 하게 되었다는 딱한 사연도 있었고, 여행가는 동안 잠시 아기를 돌봐달라고도 했다. 몇 다리 건너긴 했지만 먼 친척이라며 아기를 강제로 맡기는 경우도 있었다. 이런저런 거절하지 못할 이유로 인해 우리 집은 늘 아기들이 들끓었다. 아기 울음소리가 가득한 집에서 난 진즉 결혼이나 사랑에 대한 환상 따위는 버렸다. 훗날 내가 결혼해 아기를 하나만 낳은 것도 이때의 경험과 무관하지 않다.

하지만 그때 내 청춘은 아직 시작도 하지 못한 상태였다. 난 공부보다 아기의 기저귀를 갈고 등을 두드려 트림시키는 것 등에 더 익숙해져가고 있었다.

가난의
알고리즘

어느 날 학교에서 돌아오니 동네 분위기가 어수선했다. 우리 아파트가 붕괴 위험이 있어 철거대상이 되었다는 것이다. 1969년에 조성되었으니 노후한 것은 사실이었다. 비파괴정밀검사 등을 실시, 안전에 미달된 동을 먼저 철거할 예정이었는데 우리 아파트가 그 대상 중에 포함된 것이다.

아마 도시미관을 해친다는 이유도 그중의 하나였을 것이다. 내가 봐도 우리 아파트는 흉물스러웠다. 눈에 잘 띄는 고지대에 위치해서 더욱 그런 것 같았다. 벗겨진 페인트칠은 고사하고 구정물이 흐르는 듯한 외벽. 베란다마다 널려 있는 얼룩덜룩한 빨래는 마치 피난민을 연상케 했다. 당시 외국 귀빈이 방문하는 날이면 베란다에 빨래를 널지 말라는 지시가 내려올 정도였다.

지금 생각해도 그 아파트는 참 특이한 구조였다. 현관을 들어서면 거실 대신 곧장 마루가 나왔고 그 너머 방 2개가 붙어 있었다. 부엌은 현관보다 낮아서 거의 기어서 들어가야만 했다. 물론 연탄을 땠다. 부엌과 안방 사이에는 작은 쪽문이 있었는데 걸핏하면 그곳으로 연탄가스가 스며들어왔다. 엄마는 내가 어지럽다고 할 때마다 동치미 국물을 억지로 먹이곤 했다. 행여 연탄가스를 마셨을까 봐서였다.

작은 방 너머에는 베란다가 있었는데 그곳은 주로 장독대로 사용했다. 섀시가 없어서 베란다를 넘어 옆집으로 건너갈 수도 있었다. 실제로 현관문이 잠기면 옆집 베란다를 넘어 집에 들어오기도 했다.

더욱 신기한 것은 공동 화장실이었다. 재래식과 수세식 화장실의 중간 정도 되는 쪼그리고 앉아서 볼일을 보는 변기였는데 중간에 구멍이 뻥 뚫려 있었다. 그 분변들이 어디로 흘러가는지 알 수 없었지만, 그 이상한 구멍 속에서 빨간 손 줄까 파란 손 줄까라는 목소리가 흘러나온다는 소문이 돌았다. 빨간 손하고 말하면 빨간 손이 나와 엉덩이를 잡아채 간다는 식이었다. 그야말로 어린 시절의 화장실은 내게 공포의 대상이었다. 그런 특이한 아파트였지만 막상 철거된다니 갑자기 가슴이 먹먹했다.

그때부터 엄마의 한숨 소리는 날로 깊어 갔다. 배상금 신청 마감 기일을 앞두고 시에서 강력한 제안을 해왔다. 그것은 일종의 협박이었다. 약속 기간 내에 이사하지 않는 세대에 대해서는 배상금은 물론 그 뒷일에 대해서도 책임을 지지 않겠다는 것이었다. 그런데 선입주 후, 철거를 주도하던 반장이 어느 날 갑자기 몰래 이사를 가버렸다. 그의 집 대문에는 '출입 및 점유 금지'의 딱지가 붙어 있었다.

〈이곳은 철거계획에 따라 소유자가 자진 이주하여 현재 공가로 관할 동사무소 및 **구청 주택과에서 관리 중에 있으므로 허가 없이 출입하거나 점유해서는 안 됩니다. 만일 허가 없이 출입하거나 점유하면 형법 제319 조등 관계법에 의해 처벌됨을 첨언합니다

1983년. 8월. 종로 구청장

그러자 주민들도 흔들리기 시작했다. 반장네를 욕하며 당당하게 이사를 가는 이도 있었고, 신청 서류를 접수해 놓은 채 호시탐탐 이사 갈 기회를 노리는 이들도 있었다. 그렇게 서둘러 하나둘씩 떠나버리고 어쩌다 보니 마지막엔 우리집만 남게 되었다. 어디선가 끊임없이 물 새는 소리가 들렸다. 당연히 전기도 끊겼다.

평생을 국가에 충성하다 권고사직 당한 아버지나, 도시 미관을 위해 기꺼이 철거당해줘야 하는 시민아파트나 어쩐지 닮아 있었다. 태생적으로 희망의 한도라는 게 있는 것일까? 가난하다는 건 희망의 한도가 거의 없다는 의미이겠지. 돈이 없으면 쓸 수 없는 체크카드처럼, 한도가 없는 것이 바로 가난이었다. 우리의 한도는 아버지였고, 철거당하는 시민아파트였고, 그 시민아파트와 맞바꿀 수 있는 입수권이었다. 목숨 같은 입주권마저 돈이 없으면 시세보다 싸게 팔아야 해서 습습한 냄새가 꾸물거리는 아파트에서 우리는 폐지처럼 구겨져 있었다.

생각해보면 아버지는 국정교과서 같은 집이었다. 늘 여당인 아버지는 제사 때마다 정부政府를 욕하는 작은 아버

지와 다투었고 공사판에서 일하던 엄마는, 김치나 된장국
에서도 서걱서걱 유리섬유나 석면가루가 씹히는 밥상이
었다. 만년 말단 공무원인 아버지 집은 어디에도 없었다.
갑근세처럼 원천징수 당한 희망, 불행은 점층법으로 우리
를 쓰러트렸다. 그해 겨울 집집마다 철거계고장이 대문의
이마에 부적처럼 붙여졌고 꿈결에서조차 포클레인 소리
는 우리의 방을 조금씩 허물고 있었다. 보상금으로 쇠구들
을 열어보던 아버지와 물 묻은 지폐를 건네주던 엄마, 연하
의 남자와 열애 중이던 언니 모두를 삼키고도 허기졌던 몹
시도 입이 큰 겨울. 솜털도 안 마른 내가 난생처음 술을 마
신 건 일회용 공문서 같이 구겨진 아버지를 응징하기 위해
서였다. 예각으로 찾아든 햇살 한 조각 깨어 들고 아버지의
정수리를 겨누고 싶었다. 아는지 모르는지 끝내 권고사직
당한 아버지, 밤새 터져버린 수도관의 물새는 소리로 앓았
다. 아버지도·시민 아파트도 더 이상 우리 집이 아니었다.
보따리와 보따리 사이 직각과 직각 사이 숨어 있던 먼지의
방, 집 한 채가 이 보퉁이 저 보퉁이로 나눠지던 밤이었다.
그때마다 집은 제 속으로 흘러드는 물소리를 어쩌지 못하

고 떠돌이 개 한 마리, 수의를 입은 아파트 주위를 기웃거렸다.

-졸시 '집' 전문

그렇게 철거된 동숭시민아파트 자리는 현재 낙산 공원으로 재개발되었다. 문득 궁금해진다. 달동네 철거 1세대. 〈난장이가 쏘아올린 작은 공〉의 난쟁이들은 다 어디로 갔을까. 옥수동, 금호동, 아현동, 공덕동… 서울 시민의 녹지대나 휴식공원을 위해 다시 한번 밀려난 그 많은 난쟁이들은 다 어디로 간 것일까.

2013년 미국 위스콘신대 연구진에 따르면 가정 소득에 따라 아이들 뇌의 회백질 크기에 차이가 난다고 한다. 4인 가족 기준으로 연평균 소득 2만 달러 이하인 가정의 아이들은, 9만 달러 이상 소득을 올리는 가정의 아이들보다 회백질 부피가 적다는 것이다. 이는 주의력, 언어능력 등에서 차이를 가져온다는 의미였다. 부자들의 평균 아이큐가 가난한 사람들에 비해 18포인트 높다거나 학력이 높다는 등의 이야기는 이미 널리 알려진 사실이다.

가난이 삶의 근본적인 경쟁력에서 차이를 가져온다는 것을 그때는 미처 몰랐다. 원래 인생이란 그처럼 부당하고 불공정한 거래였다. 출발점이 다른 경주였다. 가난이 유전적으로 대물림될 수 있다는 사실만큼 불공평한 일이 이 세상에 또 있을까. 내 현재의 모습이 과거의 연장 선상이고, 앞으로도 계속될 내 미래라는 사실만큼 절망적인 것이 또 있을까. 내가 아직 도심 외곽을 떠돌고 있는 것 또한 내가 달동네 철거민이어서 일까. 이것이 가난의 알고리즘임 때문일까.

브레이크가 파열된
사륜구동차처럼

엄마는 입주권을 싼 가격에 결국 팔아치우고 말았다. 그 돈으로 서울시 땅을 일부 무단으로 점유하고 있는 근처 판잣집 한 채를 샀다. 집 자체가 무허가 건물이었기에 시가 보다 좀 싸게 살 수 있었다.

이사를 며칠 앞두고서였다. 자율학습을 끝내고 집에 돌아가는 길이었다. 어둑어둑하긴 했지만 점포들이 불을 밝힐 만큼 늦은 시간은 아니었다. 초저녁 가을바람이 을씨년스럽게 파고들었다. 시민아파트 주민들이 다니는 길목이었는데 대부분 이주를 한 상태여서 더욱더 스산했다. 내 또래 여고생 한 명이 앞서 비탈길을 오르고 있었다.

그때였다. 갑자기 위쪽에서 헤드라이트를 켠 사륜구동차가 비탈길을 휘돌아 내려오고 있었다. 여울목처럼 심하게 허리가 꺾인 곳이었다. 그런데 좀 이상했다. 비상등을 켠 것처럼 유난히 눈부셨다. 속도도 지나치게 빨랐다. 그 생각도 잠깐, 사륜구동차는 성난 짐승처럼 질주하더니 그대로 바로 내가 서 있는 세탁소를 들이박았다. 순간 난 비명을 지르며 본능적으로 세탁소 옆 약국으로 뛰어들었다. 세탁소 드럼통이 깨지면서 기름인지 물인지 알 수 없는 액체가 폭포수처럼 콸콸 쏟아져 내렸다. 몸이 심하게 떨리고 머릿속이 하얗게 탈색된 듯했다. 현장을 볼 엄두도 나지 않았다. 약사가 사고 현장을 보러 나간 사이 웅성거리는 사람들을 뒤로하고 난 반대편 골목길로 도망치듯 달려갔다. 내가 마치 현행범이나 되는 듯. 그렇게 한참을 돌아 집으로 갔다.

그날 나는 인생의 비밀 하나를 엿본 기분이었다. 브레이크가 파열된 사륜구동차처럼 삶도 죽음도 한순간 제어 불능의 속도로 광폭하게 다가온다는 걸 처음 경험하였다. 물의 성분이 변하는 비등점처럼, 사고의 화학적 변화가 찰나에 일어날 수 있음을. 그 순간은 인생의 비밀을 엿보기엔 충분한 시간이었다.

아담이 사과를 먹다가 목구멍에 사과 조각이 걸린 순간

사냥꾼에게 쫓기던 고라니가 잠시 뒤를 돌아본 순간

모가지가 날아간 줄도 모르고 수탉 한 마리 마당으로 달

아난 순간

자동차에 받힌 남자가 공중으로 부양한 순간

콩깍지에서 후드득 연둣빛 완두콩이 와르르 쏟아지고

행랑채에서 찻물이 조용히 끓어오르고

나비 한 마리 차자꽃 주위를 맴돌고

애벌레 한 마리 축축한 땅 밖으로 기어 나오고

-졸시 '서킷 브레이커' 전문

　그날 나는 중요한 사실을 하나를 깨달았다. 한 치 앞을 알 수 없는 삶이지만 누구에게나 삶은 유한하다는 것. 그것만큼 확실한 것은 없었다. 그리고 난 죽음보다는 삶을 기억해야 하는 나이라는 것. 난 아직 제대로 한번 살아보지도 못했으므로.

　다음날 나는 등굣길에 가장 먼저 약국에 들러 그 여고생의 생사부터 물었다. 왠지 나 대신 사고를 당한 것만 같아 마음이

무거웠다. 만일 죽기라도 했다면 평생 마음의 짐을 안고 살아야 할지도 모를 일이었다. 다행히 여고생은 다리를 좀 다쳤다고 했다. 가슴을 쓸어내렸다. 마치 삶으로부터 다시 한번 기회를 얻은 기분이었다.

참나무

참나무는 잎사귀를 모두 떨어트리지 않는다.

이른 봄 새싹의 바람막이를 위해 얼마간은 남겨둔다.

그리운 것들의 옆구리엔
삼각주가 있다

　1984년 새 아침은 백남준이 만든 비디오 아트 〈굿모닝 미
스터 오웰〉이 전 세계적으로 방영되면서 시작되었다. 조지오
웰의 〈1984년〉은 빅 브라더에 의해 감시되고 통제되는 사회
를 그린 것인데, 백남준은 첨단 미디어 기술로 인류가 어떻게
더 예술적으로 소통해 갈 수 있는지 특유의 미디어 분할된 화
면으로 뉴욕이나 파리 등을 연결하며 조지오웰의 예측을 비
꼬고 있었다.

　검은 화면에서 튀어나온 입술이 실룩거리며 말했다.

　"21세기는 1984년부터다!"

　그러나 백남준의 화려한 새해 오프닝과는 달리 내 21세기
는 좌우가 막힌 독서실에서 시작되었다. 고3 수험생이 되었기
때문이다. 당시 난 차안대를 쓴 경주마와 다를 바 없었다. 말

은 고개를 움직이지 않고도 약 350도 정도를 볼 수 있으나 사물을 아지랑이처럼 어른거리는 모습으로만 인식할 수 있다. 그래서 말은 체구에 비해 턱없이 겁이 많단다. 특히 경주마의 경우 다른 말이 뒤나 옆에서 따라붙으면 지레 겁을 집어먹고 자꾸 한쪽으로 피한다. 그래서 차안대를 씌워 앞만 보고 질주하도록 만든다는 것이다.

당시 좌우가 막힌 독서실 책상은 그야말로 나의 차안대였다. 나는 아기의 울음소리도 빠징고에 빠진 아버지도 잊은 채 흔들리는 형광등 불빛 아래서 차안대를 쓴 경주마처럼 세계사와 국사 교과서를 달달 외우는데 전력 질주했다. 야간 자율학습까지 마친 후 곧장 독서실로 향했으며 새벽녘 퉁퉁 부은 다리로 독서실을 나오곤 했다.

희붐한 새벽에는 낮에 들리지 않는 소리로 가득 차 있었다. 넓은 플라타너스 나뭇잎이 낙하하는 소리. 차바퀴 구르는 소리. 헤드라이트에 비친 부윰한 아침 안개가 먼지처럼 흩날리는 소리. 청소부 아저씨가 보도블록을 쓰는 비질 소리, 멀리서 우유 배달부가 자전거를 끌고 다니는 소리가 들리면 비로소 가로등이 하나둘씩 꺼졌다. 서서히 밝아오는 아침 햇살을 밟으며 나는 비탈길을 오르곤 했다. 그리고는 엄마가 준비해 놓은 도시락을 들고 다시 학교로 향했다.

한 친구는 시험이 임박해지면서 고개가 9시 50분 방향으로 기울어져 돌아오지 않았다. 고3병이라나. 그러면서도 그녀는 수업이 끝나는 벨이 울리면 가장 먼저 매점으로 달려가곤 했다. 먹기만 하면 음식이 식도에 걸려 내려가지 않는 친구, 수시로 복통을 호소하는 친구, 또 어떤 친구는 체체파리에 물리기라도 한 것처럼 이 구석 저 구석에서 머리를 주억거리며 끝없이 졸았다. 우리는 그렇듯 다양한 방식으로 닳아빠진 책상 모서리처럼 꺼칠해져 가고 있었다.

그즈음 유일한 즐거움이 있다면 음악실에서 J의 피아노 연습을 훔쳐 듣는 일이었다. 그녀는 야간 자율학습 대신 일주일에 두 번 정도 피아노 연습을 했다. 그녀의 피아노 연주를 듣고 있으면, 거스러미처럼 일어난 신경이 촉촉해지는 느낌이었다. J는 그날도 베토벤의 월광 소나타를 연습하고 있었다.

사방은 망망대해. 배가 한 척 떠 있다. 갑판 위에 하얀 그랜드 피아노 한 대가 놓여 있다. 달빛이 금가루처럼 쏟아지고 하얀 파도가 배 안쪽으로 튀어 들어온다. 건반이 출렁이기 시작한다. 물거품이 갑판에서 하얀 생명체처럼 꿈틀거린다. 손가락의 움직임이 점점 빨라진다. 건반이 파도처럼 하얗게 일어난다. 알레그로 알레그로.

그때 갑자기 건반을 '쾅' 하고 내리치는 소리가 들렸다. 엉겁결에 나는 연습실의 문을 열었다. 그녀가 건반 위에 이마를 파묻고 있었다. 하관이 빠른 세모진 턱뼈. 날카로운 얼굴 바닥에 눈물이 흐르고 있는 것을 감히 고독이라 말할 수 있을까. 흘러내리는 고독을 마치 석고로 응고시켜버린 것 같은 표정이었다.

"너, 그 이야기 들어봤니? 타르티니의 '악마의 트릴' 이란 곡에 얽힌 얘기. 그 작곡가가 어느 날 꿈을 꾸었는데 자기 영혼과 교환하는 조건으로 악마와 계약을 맺었대. 악마에게 자기 바이올린을 넘겨주었는데 모든 상상을 초월할 만큼 절묘한 연주를 하더라는 거야. 그 작곡가가 꿈에서 깨어나자마자 들은 대로 그 소리를 재현해보았대. 그 곡이 바로 '악마의 트릴' 이고. 물론 자기가 최고 명작으로 꼽는 곡이긴 하지만 꿈에서 들은 것에는 도저히 미치지 못했다고 해."

그녀는 7살 때 처음으로 피아노를 배웠다고 했다. 모 대학 교수에게 레슨을 받았는데 그 교수는 달걀을 쥔 손 모양을 해보라고 하고선 손등 위에 동전을 올려놓았다고 한다. 손목이 건반 아래로 처지면 동전이 떨어지곤 했는데, 그럴 때마다 손등 위로 회초리를 내리쳤다는 것이다. 그녀는 시험이 임박한 요즘 갑자기 그때 생각이 나면서 손가락이 마비되는 악몽에 자주 사로잡힌다고 했다.

"요즘 내 머릿속에 메트로놈 한 마리가 들어 있어 자꾸 엇박자를 내는 것 같아. 그럴 때마다 손가락에 살얼음이 박힌 듯 뻣뻣해지는 느낌이야."

그것도 모르고 나는 그동안 그녀의 연주를 들으면서 위안을 얻고 있었다. 문득 곡비가 떠올랐다. 옛날 우리 조상은 상가에서 곡소리가 크게 나야 죽은 사람도 편히 눈을 감고 저승으로 갈 수 있다고 믿었다. 그래서 양반 집일수록 곡소리가 구슬프고 크게 울려 퍼졌다고 한다. 상주보다 더 구슬프게 울어주는 사람을 '곡비'라고 불렀는데 난 마치 J가 그 곡비 같았다. 그녀가 그토록 힘들게 연주한 곡이 내 마음을 대신 어루만져주고 있었으니 말이다.

"울음은 내가 우는 거고 울림은 내 울음이 다른 사람을 울리는 거래

문학이나 음악은 울림 같은 거 아닐까?"

J는 한결 부드러워진 표정으로 나를 쳐다보았다.

"그곳은 바닷가야. 밤인데 월광 때문에 환해. 배가 한 척 떠 있는데 그 위에 그랜드 피아노가 놓여 있어. 누군가 피아노 앞에 앉지. 그리고 가만히 건반 위에 손가락을 올려놓아. 주위에는 하얀 새들이 날아다녀. 달빛을 한 모금씩 입에 문 새들은 그에게로 날아가는데 그 앞에서 입을 열면 황금빛 음표로 변해버려. 그는 세상에서 가장 아름다운 곡을 연주하지."

"넌 시인 같아…."

J가 그림책 한 권을 주었다. 레오 리오니가 쓴 〈잠잠이〉였다. 이 책을 읽으면서 내 생각이 났다고 했다. 얇은 동화책이어서 금세 읽을 수 있었다.

4명의 들쥐 가족은 겨울 준비를 열심히 하고 있었다. 그런데 잠잠이만 아무 일도 하지 않았다. 왜 넌 일을 안 하니? 라고 묻자 잠잠이는 겨울을 위해 햇빛을 모은다는 둥, 말을 모으고 있다고만 했다. 마침내 지루한 겨울이 오자 잠잠이는 그동안 모아두었던 이야기들을 풀어놓기 시작했다. 새파란 넝쿨꽃, 빨간 양귀비, 노란 밀이삭. 잠잠이가 자작시를 읽어주자 모두 박수를 쳤다.

"야 너는 시인이구나!"

그러자 잠잠이는 얼굴을 붉히며 절을 했다. 그리고 수줍은 듯이 말했다.

"나도 알고 있어"

그 동화의 마지막 문구를 읽으며 나도 모르게 미소가 나왔다.

우리는 연주실을 나와 옥상으로 올라갔다. 연주실 앞으로 조그만 복개천이 흘렀다. 알 수 없는 미래가 물에 얼비친 불빛처럼 불안하게 흔들리고 있는 듯했다. 허리가 휘어진 복개천 뒤로 직선으로 뻗은 고가도로가, 그 뒤로 수직으로 곧게 솟아오른 아파트가 보였다.

어쩌면 우리는 지금 경주마처럼 차안대를 쓴 채 앞만 보고 질주하고 있는 것인지도 모른다. 하지만 앞만 보고 달려가는 이 시간이 행여 저 직선의 세계에 편입하기 위한 것일까.

강의 허리가 굽은 것은

오랜 세월 보이지 않는 길을 돌아온 탓이다.

산비탈 숨어 있던 길이

신작로로 흘러나와 최단 거리를 꿈꿀 때도

강은 여울목에서 또 한 번 제 속도를 꺾었다.

물살을 잡아당기는 이끼들

어쩌면 강물이 흘러가는 것이 아니라

기억들이 흘러가는 것이어서

강의 어귀엔 그로록 많은 갈대나 부들

모래알이 서성대는 것일까.

강물 위로 직선의 포장도로가 달려가도

그리운 것들의 옆구리엔 삼각주가 있다고

강은 몸을 틀어 제 생의 굽이를 만들어 보였다.

한 번씩 몸을 비틀 때마다

쉼표 같은 물방울이 무수히 태어났다.

저 강은 알고 있을까.

밤마다 내가 한줄기 샛강이 되어

탯줄 끊듯 허리 꺾는 이유를

  -졸시 '샛강' 전문

직선의 도시 곳곳엔 곡선이 숨어 있다. 이념서적을 파는 고서점이나 우체국, 우리가 종아리를 드러낸 채 서서 먹던 떡볶이 가게나 포장마차, 직선에서 이탈한 것들이 곳곳에서 시간의 속도를 꺾고 있었다.

우리는 어렴풋이 알고 있었던 것이다. 대로에서 이탈한 샛길처럼 우리는 구불구불한 길을 걷게 될지도 모른다고. '꼬부랑 번지수'를 품고 살아가게 될 지도 모른다고 말이다.

제 3 부

내 청춘은 반송된 편지였다

큰 소가 굴레를
벗어 놓은 곳

나는 대학생이 되었다. 전기대 낙방이 전화위복이 되어 원하던 문예창작학과로 진학할 수 있었다. 지금도 그날을 잊을 수가 없다. 게시판 가득 빽빽하게 합격자의 수험번호와 이름이 적혀 있었는데 멀리서도 나는 내 이름을 단박에 알아보았다. 이름 주변에서 이상하게 빛이 뿜어져 나오는 것 같았다. 내 이름이 그렇게 크게 빛나 보인 건 난생처음이었다. 그러나 그 기쁨은 이내 실망감으로 바뀌었다.

학교는 '굴레방다리'에서도 북아현동 방향으로 한참이나 더 들어간 곳이었다. '굴레방다리'라는 지명은 '큰 소가 길마는 무악에, 굴레는 이곳에 벗어놓고, 서강을 향하여 내려가다가 와우산에 가서 누웠다'는 풍수지리설에서 유래되었다고 한다.

소가 굴레를 벗어놓은 곳이라서 그럴까. 대학가라기보다는 소가 벗어놓은 굴레를 뒤집어쓴 것 같은 사람들이 더 많이 왕래하는 듯했다. 아현시장과 공덕시장 등 재래시장이 자리하고 있어서일 것이다. 수분이 빠져 쪼글쪼글해진 귤이나 가지 오이 등을 좌판에 쌓아놓고 파는 할머니나, 빗자루 수세미 등 생활 잡화들을 가득 실은 리어카들이 즐비한 곳. 심지어 아현고가도로 밑에는(지금은 철거되었지만) 밤에만 불을 밝히는 개미집들이 늘어서 있었다. 일명 방석집이라고도 하는데 밤이면 유리문 안쪽에 한두 명의 여자들이 푸줏간 고기처럼 붉은 살을 드러낸 채 앉아 있거나 서 있는 모습을 볼 수 있었다.

학교에 가려면 '굴레방다리'에서 버스를 갈아타거나 마을버스를 타야 했다. 주머니 사정이 가벼운 난 두세 정거장은 족히될 그 길을 걸어가곤 했다. 2차선 도로를 끼고 단층 건물 사이를 걷다 보면 굴다리에 닿았다. 굴다리는 이상한 세계로 통하는 진입로 같았다. 굴다리 입구에 금은방을 겸한 조그만 시계방이 있었는데 벽면 가득 빽빽하게 전시된 시계들은 모두 제각각의 다른 시간을 가리켰다. 흔들리는 시계추를 보노라면 마치 최면에 걸린 듯 이상한 시간 속으로 빨려 들어가는 느낌이 들었다.

언젠가 굴다리 앞에서 박제된 듯 죽은 고양이의 시신을 보기도 했다. 굴다리 벽면은 간밤의 토사물과 오줌 지린 자국으로 습기가 가득했다. 수술 없이 낙태, 무모증, 발기부전증 등의 문구가 박힌 스티커들을 보며 나는 실망스러움을 금할 수 없었다. 내 청춘이 이렇게 남루하고 초라한 곳에서 시작되는 구나, 그럴 때마다 자꾸 걸음이 휘청거렸다.

북아현동 뒷골목 허름한 시계방에는

살바도르 달리의 휘어진 시간들이

주렁주렁 걸려 있다.

아침 10시부터 백발이 성성한 주인은

확대경으로 일그러진 시간을 들여다본다.

멈춘 시침과 분침 사이에 웅덩이가 있다.

기억은 말단비대증 환자여서

6개월 전에 주문해놓은 짜장면 위로

시간의 날파리들이 날아다니고

3년 전에 죽은 시동생이 군화 끈을 매고 있다.

눈치 없는 개나리는 아무 때나 꽃술을 열고

텅 빈 괘종시계에선 뻐꾸기 대신 증조할아버지가

아가야, 아가야… 자꾸 모가지를 내민다.

할아버지 전 도플갱어인걸요.

살비듬 같은 햇빛이 날리는 거리

한때 내 머리카락이며 손톱이었던 것들이

둔갑을 서두르며 문지방을 넘어가는

이상한 너무도 이상한

-졸시 '이상한 나라의 앨리스' 전문

　굴다리를 통과하면 분위기는 조금 나아진다. 교문 입구에
서점이 하나 있었는데 칸딘스키의 미술이론이나 문학잡지들
이 서점 밖까지 쌓여 있어 그나마 조금 학구적인 분위기를 자
아냈다. 교문을 들어서면 완만한 둔덕이 펼쳐지고 산소나 오
존 농도가 훨씬 짙어진 듯한 파란 공기가 코끝을 스쳐 간다.
낮게 깔린 채 다가오는 대금 소리와 해금 소리가 가만가만 피
부를 어루만졌다. 비로소 나는 안도의 숨을 내쉬었다.
　아무도 몰랐으리라. 밤마다 그 작은 교정이 부풀어 오른다

는 것을. 철쭉이나 쥐똥나무가 소철이나 자귀나무처럼 키가 갑자기 자라고 3급수에서도 산다는 붕어조차 한 마리 없던 연못에서 팔뚝만 한 잉어와 자라가 헤엄쳐 다닌다는 것을. 새내기인 우리들은 밤새도록 술을 마시다 한 번쯤 이 연못에서 익사 직전까지 허우적거리기도 했다.

노시인은 늘 베레모를 쓰고 강의실에 들어왔다. 백발의 머리카락이 베레모 밑에서 구불거렸으며, 단정한 양복에 유난히 반짝이는 구두코는 1970년대의 모더니즘 시인을 연상케 했다.

"여러부은~ 시가 뭐여요? 시는 여러분의 가슴 속에 있는 것을 끄집어내는 거여요."

노시인의 목소리는 언제나 낭랑하고 촉촉했다. 비 오는 날이면 하염없이 창밖을 바라보다가 "…비가 오서요…. 누구 한 번 일어나 시 한 편 낭송해보서요." 라고 말할 땐 이미 눈시울까지 젖어 있었다. 나는 노시인의 그 촉촉하고 맑은 눈과 마주칠 때마다 당혹스러웠다. 그러면서도 시란 노시인의 잘 닦인 구두코보다는 삐뚤게 닳은 구두 뒤축 같은 것이라고 생각했다.

그러나 소설창작 K 교수는 조금 달랐다. 풍자소설을 쓰는 현직 소설가였는데 성격이 급하고 꽤 다혈질적이었다. 이마에 패인 세 줄의 굵은 주름이 호랑이의 미간을 연상케 했다. 입을 다물고 있으면 꼭 화난 사람 같았다. 하지만 웃을 땐 그 주름이 꿈틀거리면서 이내 마음씨 좋은 슈퍼 아저씨처럼 변했다.

지금은 돌아가신 K 교수가 그날따라 수업할 생각은 않고 갑자기 걸리버 여행기가 모두 몇 부로 되어 있느냐고 질문했다.

"자네는 걸리버 여행기가 모두 몇 부로 돼 있다고 생각하나?"

"2부요."

"걸리버 여행기가 2부라고? 자네는?"

"소인국, 대인국."

"자네는?"

한 명 한 명 차례로 질문을 던지던 K 교수의 목소리가 점점 높아졌다. 우리 중에 정답자가 없었는지 이윽고 불같이 화를 내기 시작했다. 우리가 무엇을 잘못했는지, 또 걸리버 여행기가 모두 몇 부인지 확인도 못 한 채 K 교수의 노여움을 고스란히 감당해야만 했다.

나중에 안 일이지만 우리가 읽은 〈걸리버 여행기〉는 동화책으로 번역된 거인국과 소인국의 축약본이었던 것 같다. 원작은 '소인국'과 '거인국' 외에 '하늘을 나는 섬나라', '말의 나라' 등이 포함된 총 4부작 성인용 소설로 18세기 영국의 정치 현실을 신랄하게 꼬집은 '대작'이란 것이다.

나는 왜 글을 쓰고 싶었을까. 정말 겁 없이 글을 쓰겠다고 한 것에 대해 반성하고 싶은 심정이었다. 누군가는 말했다. 인생에서 해볼 만한 가치 있는 일은 '사랑과 글쓰기' 두 가지뿐이라고. 그런데 딱히 그 말 때문은 아니었다. 도스토옙스키가 '죄와 벌'에서 무엇이 '죄와 벌'인지에 대해 질문을 던졌던 것처럼, 조나단 스위프트가 '인간과 사회는 무엇인가' 하고 의문을 제기한 것처럼, 글을 쓰는 것은 질문하는 것이고 그 답을 스스로 찾아내는 것인지도 모른다. 나는 그것들에 대해 궁금했고 알고 싶었다. 내가 왜 태어났는지. 왜 인생은 부조리한지. 그런데 갑자기 글 쓰는 것에 자신이 없어졌다.

교정에 가득 핀 개나리가 노란 눈망울을 글썽이며 물었다.

그래서 어쩌란 말이냐.

진달래가 기습 키스 당한 여인의 립스틱처럼 붉게 뭉개진 채 물었다.

그래서 어쩌란 말이냐.

나는 문득 '굴레방다리'에서 큰 소가 벗어놓았다는 그 굴레가 생각났다. 어쩌면 나는 그 '굴레'를 뒤집어쓰기 시작했는지도 모른다고. 문학이란 그 굴레를 말이다.

제발,
꽃 피지 마라

이 세상에서 가장 '먼 길'은 어쩌면 수술에서 암술에 이르는 길이다. 수술에서 암술로 옮겨가기 위해 '어떤 꽃은 꽃가루를 바람에 태워 날리거나 곤충을 통해 옮기거나 물을 따라 흘려보내기도 하며, 심지어 사막에서는 벌새나 박쥐에게 배달' 시키기도 한다.

지척의 거리인데 왜 그토록 당도하기 힘든 것일까. 아마 당신이기 때문일 것이다. 바로 곁에 있는 '당신'이 사실은 가장 당도하기 어려운 길이며 어쩌면 평생을 돌아가야 하는 가장 먼 길일 수 있다는 것을….

부끄러운 줄도 모르고 꽃들이 여기저기 생식기를 드러낸 봄날. 바람은 구름과 합방하고 시냇물은 자갈과 합방하고 있었다. 여기저기 합궁의 향내가 꽃내음으로 교정 가득 퍼지고 있었다. 이곳에서 나는 어쩌면 암술에서 수술에 이르는 길을, 아니 수술에서 암술에 이르는 가장 먼 여행을 시작할지도 모른다는 생각이 들었다.

우리 과에 유독 문예반 출신이 많다는 걸 깨달은 건 학기가 시작되고도 한참 후였다. 나름 수상경력도 화려했다. 이런저런 외부 백일장에서 만난 적이 있거나, 문예반 선후배 사이로 이미 안면이 서로 있었다. 그들만의 선민의식도 있는 듯했다. 그야말로 나는 애송이였다. 백일장에 나간 적도 없었고 당연히 상을 탄 적도 없었다. 그 유명하다는 '학원' 잡지도 몰랐으니까. 아니 우리 학교에 문예반이라는 게 있기는 했던 걸까. 오로지 입시 위주로 돌아가던 시곗바늘.

전기대에서 떨어진 후 난 조금은 떨리는 마음으로 문예창작학과에 지원했다. 당시 문예창작학과는 전기 후기 전문대학까지 합쳐 세 군데밖에 없었다. 나는 학과가 생긴 지 얼마 되지 않아 상대적으로 덜 알려진 학교에 원서를 냈다. 그런데 실기시험이 문제였다. 모두 주관식이었는데 다소 황당한 서술 문제가 나왔다. '한 산악인이 에베레스트산의 정상에 올랐을 때의 기분을 묘사해보라'는 것이었다.

나는 눈을 감고 우리 동네 뒷산이라도 떠올려보려 애썼다. 오솔길을 거쳐 산 정상에 오를수록 기압 때문에 키가 작아진 나무들. 기암괴석과 산봉우리 그리고 설경이 펼쳐진 아득한 고지를 떠올려보았다. 나는 꾹꾹 힘을 주어 이렇게 적었다.

'사내는 바지 지퍼를 내리고 크고 작은 산맥을 향해 오줌을 내갈겼다고. 이 좆같은 세상. 그 추운 에베레스트산에서도 오줌발은 뜨거웠노라고….'

어쩌면 당시 내 억압을 표출한 것인지도 몰랐다.

다행히 합격이 되긴 했지만 안심하기엔 일렀다. 처음으로 '졸업정원제' 제도가 도입되었기 때문이다. 정원보다 130%를 초과해서 뽑는 제도였다. 최종 졸업은 40명만이 할 수 있었지만 50명이 넘는 인원이 합격했다. 입구는 넓고 출구는 좁은 동굴 같았다. 어쩐지 난 내가 탈락할 것만 같았다. 그들이야말로 캠퍼스의 주인 같았고 난 하얀 쌀밥에 어쩌다 잘못 끼어든 보리알 같았다.

그들의 눈부신 문장은 그대로 시가 되었고 소설이 되었다. '삶이여! 발달도 아니고 발전도 아니고 이것은 분노다!'라는 이상 시인의 절규가, '시여 침을 뱉어라.'라는 김수영 시인의 시가 그들 입에서는 착착 감기며 매끄럽게 흘러나왔다. 나는 실어증에 걸린 듯 한마디도 못 하고 어느 대화에도 끼어들지 못한 채 잉여 인간처럼 캠퍼스와 문학의 변방을 떠돌았다.

공강일 때면 종종 혼자 휴게실에 앉아서 자판기 커피를 마시거나 소파에 등을 기댄 채 조각잠을 잤다. 그날도 난 구석에 앉아 잠시 졸음에 빠졌다. 그런데 어떤 목소리가 귓가에 선명하게 들려왔다.

"소설이 산이라면 시는 그 산속에 숨어 있는 보석 같아. 소설이 산 전체를 하나하나 보여주면서 그 안의 보석까지 보여주는 것이라면, 시는 보석만을 꺼내 보여주면서 산 전체를 얘기하는 거지."

그의 목소리는 이상하게 주의를 끌었다.

"어제 곰팡이에 대한 시를 쓰다 문득 죽은 사체에서 주로 번식하는 곰팡이가 좀 불쌍하다는 생각이 드는 거야. 마음이 싸늘하게 식어버린 차가운 시신 앞에서 비로소 고백하는. 사체와 연애를 하는 네크로필리아 같기도 하고. 죽은 후에야 제 차지가 되는 사랑. 그렇게 극단적인 짝사랑이 있을까 싶기도 하고. 그렇게 슬픈 무성생식이 있을까 싶기도 하고"

아, 곰팡이. 그때부터였을 것이다. 내가 그를 눈여겨보기 시작한 것은. 유난히 키가 큰 그는 어디에서든 눈에 잘 띄었다. 농구장에서 드리블을 할 때도, 교정 한쪽에서 술을 마실 때도 나는 허망한 시선으로 그를 쫓았다. 그를 중심으로 자전하는 지구처럼 늘 거리를 유지하면서.

점점 잠을 이룰 수가 없었다. 부옇게 밝아오는 새벽안개를 바라볼 때면 내가 아무것도 아니어서 너무 보잘것없어서 눈물이 날 지경이었다. 남루한 내 모습이 초라해서, 신열로 입술이 바짝 마른 내 청춘이 너무 건조해서.

그러던 어느 날 아침, 비스듬하게 비춰오는 아침 햇살 속에서 벽을 타고 오르는 곰팡이를 발견했다. 벽 한쪽을 기어오르고 있는 곰팡이는 때론 덩굴식물처럼 때론 꽃대궁처럼 줄기를 휘감으며 활짝 피어 있었다. 이제껏 본 곰팡이와는 사뭇 달랐다. 어느 유기체보다 아름다웠으며 어느 꽃보다도 슬펐다. 세상은 온통 절벽인데, 저 혼자 사랑하고, 저 혼자 아기 낳고. 죽은 줄도 모르고 저 혼자 꽃 피고. 바보같이 제가 꽃인 줄만 알고 바보같이.

꽃이라고 다 아름다운 것은 아니어서

꽃 피지 마라.

별도 없는 이 밤, 제발 꽃 피지 마라.

동절기, 기어이 꽃 피었네.

그렇게 눈물로 피는 꽃도 있어

가장 외로운 지점에서 어떤 개화는 시작된다.

한 번도 꽃 핀 적 없는 난

한 번도 열매 맺은 적 없는 넌

슬픔이 포자가 되어

오늘도 무성생식을 꿈꾼다.

나 혼자 발효하고

너 혼자 착생하고

이 세상 가장 먼 길은

암술에서 수술에 이르는 길이어서

바람벽 가득 검은 곰팡이꽃

난 당신이 꽃 핀 줄도 모르고

당신은 내가 열매 맺은 줄도 모르고.

-졸시 '곰팡이꽃' 전문

나는 기어이 그에게 편지를 쓰고 말았다. '그녀'로 시작되는
3인칭 편지였다. 그도 가끔 양 볼이 뻐근해지면서 입안에 피
냄새가 고이는지 글을 쓸 때 늑골이 아픈지. 그리고 한곳에 오
래 머물 수 없는 그녀의 불안에 대해 이야기하고 싶다고 그에
게 전해 줄 게 있노라고 몇 날 몇 시에 모 카페에서 만나자고.

며칠 후 휴게실에서 마주친 그는 허겁지겁 편지 한 통을 쥐
여주고 도망치듯 자리를 떴다. '그'로 시작되는 답장이었다.
그는 되지도 않는 시를 주무르다 만년필만 바써버렸다고. 그
러다 그녀의 편지를 받았다고. 톱니바퀴가 엇갈리고 있군. 그
는 그날 나갈 수 없노라고. 조금은 긴 답장이었다.

나는 그가 왜 나올 수 없는지 물어보지도 않은 채 답장을 태
웠다. 편지는 순식간에 화르르 타올랐다. 난 한 줌도 안 되는
까만 재를 일부로 까만 봉투에 담았다. 그리고 그에게 부고장
처럼 반송했다.

하지만 그날 밤 잠을 통 이룰 수 없었다. 아냐 이건. 너무 유치해. 나는 밤새 뒤척이다 어스름 새벽빛이 밝아오자마자 우체통을 향해 달렸다. 그 부끄러운 새벽에도 공기는 청량하고 꽃은 향기로웠다. 순간 먼동처럼 얼굴이 달아올랐다. 가쁜 숨을 몰아쉬며 우체통 옆에 한 통의 반송된 편지처럼 쭈그리고 앉았다. 하늘이 점차 밝아지며 숨이 잦아들자 그제야 집배원이 도착했고 난 열린 우체통을 헤집어 그 까만 편지봉투를 꺼냈다. 하얀 봉투 더미 속에서 까만 봉투를 찾아내는 것은 그리 어렵지 않았다. 아침 햇빛이 붉은 우체통 위에 비스듬히 내리고 있었다. 마치 노인의 깡마른 다리에서 떨어져 내린 마른 비듬처럼 불투명하고도 메마른 햇빛이었다.

그게 사랑일까. 사랑이었을까. 오랫동안 반닫이 밑의 먼지처럼 뭉쳐 있다 세상에 나온 그 감정을 사랑이라 불러도 좋을까. 그 이후로도 오랫동안 내게 청춘이란 수취인 불명의 편지나 오작동이 심한 비상벨 같은 것이었다. 난 그렇게 연애편지도 아니고 구애편지도 아닌 모호한 편지를 딱지 맞으며 북아현동 우울한 골짜기에서 아주 먼 여행을 시작했다.

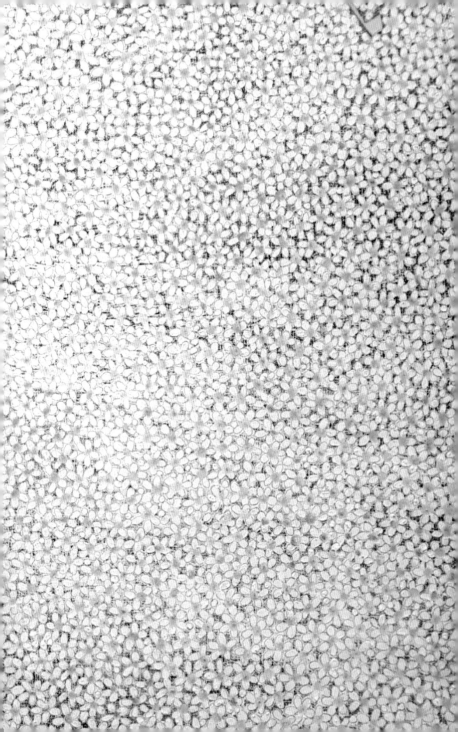

염증

사랑은 하나의 염증.

너라는 이물질이 내 안에 침입해 통증을 유발하는 것.

미열처럼 너는.

궤양처럼 너는.

마돈나와
처녀막

대학 가서 가장 먼저 해보고 싶은 것이 담배를 피우는 일이었다. 하얀 연기를 허공에 내뿜으며 지긋하게 그 연기의 사라짐을 바라보는 일. 언니는 식구들이 없을 때면 종종 창문을 열고 하얀 연기를 내뿜었는데 그 모습이 얼마나 적막하고 적요롭던지. 그때마다 나도 어서 담배를 피워야지 생각했다.

지금으로선 상상이 안 되는 일이지만 당시 여의도의 국회의원들이 토론을 벌이면서 담배를 피우거나 TV 대담 프로에서 출연자가 담배를 피우며 사회자와 담소하는 모습은 흔한일이었다. 택시를 타도 아저씨들은 담배부터 꼬나물었고 고속버스 안에서도 자연스럽게 담배를 피우던 시절이었다.

하지만 남자들의 자유로운 흡연에 반해 여자들의 흡연은지나치리만큼 완고했고 통제가 심했다. 대로변에서 담배를 피우다 뺨을 얻어맞은 친구도 있을 정도니까. 당시 여성 흡연자에 대한 인식이 그랬다.

나는 등교 때마다 언니의 가방에서 지폐 몇 장과 함께 담배 한두 개비를 꺼내오는 것도 잊지 않았다. 가방에 담배가 없는 날이면 버스정거장에서 '까치담배'를 한두 개비 사기도 했다. 당시에는 버스 토큰 파는 곳에서 껌이나 사탕 등과 함께 낱개의 담배도 팔았다.

처음 담배를 피웠을 때가 기억난다. '뻐끔 담배'였는데도 빈혈이 일 때처럼 어지러우면서 눈앞에 뿌연 안개가 일 듯 출렁거렸다. '멍'해지는 느낌이었다. 그러나 생각처럼 기침이 나거나 목이 따갑지는 않았다. 오히려 연기의 뒷맛이 구수했다. 낙엽이나 솔가지 태우는 냄새 같았으며 오래된 고서를 펼쳤을 때 나는 냄새 같기도 했다. 머리를 풀어헤친 듯이 흩어지는 담배 연기를 보며 나도 모르게 안도의 한숨을 내쉬었다. 비로소 하나의 관문을 무사히 통과한 것 같았다. 일종의 성인식이나 할례를 치른 기분이었다. 하지만 초경이나 처음 브래지어를 찼을 때와는 분명히 달랐다. 사고의 지평이 넓어진 느낌이었다. 돌이켜보면 어쩌면 그 순간이 바로 내가 청소년기에서 청넌기로 넘어간 순간이 아니었을까.

그러고 보니 같은 종류의 담배를 피워도 피우는 사람에 따라 냄새가 달랐다. 구수한 냄새가 있는가 하면 독한 냄새도 있다. 혹자는 얼마큼 연기를 들이마시느냐에 따라 내뱉는 연기 냄새가 달라진다고 한다. 때론 피는 사람의 체취와 체질에 따라 뿜어져 나오는 담배 냄새도 다른 듯했다. 나는 지금도 종종 담배 피는 사람 옆에서 담배 연기를 맡아보는 습관이 있다. 연기 냄새로 담배 피우는 사람의 건강 정도가 짐작될 정도이다.

그러다 그녀를 만났다. 그녀에게서는 늘 절은 담배 냄새가 났다. 몸에 밴 담배 냄새가 아니라 이상하게도 재떨이에서나 날 법한 오래된 담배 냄새가 풍겨 나왔다. 나중에 안 일이지만 그녀는 담뱃값을 아끼기 위해 담배를 두 번에 나눠 피웠다. 반쯤 피운 담배를 끈 후 보관함에 넣었던 것인데 그 담뱃진 냄새가 절은 독한 냄새를 풍겼던 것이다.

우리는 공모자처럼 같이 담배를 나눠 피며 급속히 친해졌다. 학교 뒷산이나 강의가 끝난 텅 빈 강의실이 우리가 주로 담배를 피우는 곳이었지만 가장 우아하게 담배를 피울 수 있는 곳은 학교 앞 카페였다. 당시 카페는 테이블마다 재떨이가 놓여 있었다. 커피 한 잔을 시켜 놓고 토하기 직전까지 줄창 담배를 피워댔다. 점심값으로 커피를 마셨기 때문에 빈속에 줄담배를 피워대다 보면 속이 쓰리고 어지러웠다. 그런 어느 날이었다. 그녀가 반쯤 핀 담배를 끄더니 담배보관함에 넣으며 말했다.

"나 가출했어."

"무슨 일 있었어?"

"담배피다 들켰어."

나는 고개를 끄덕였다. 그녀의 엄마는 독실한 기독교 신자로 권사님이었다. 그런 엄마에게 담배를 피우다가 들킨 것이다. 그날도 그녀는 엄마가 출근하길 기다렸다가 대문이 닫히자마자 담배를 꺼내 들었다. 그리고 우리 언니처럼 창가에 앉아서 담배를 피워댔던 모양이다. 그런데 그녀의 엄마가 창문 밑을 통과할 때쯤, 하필이면 담뱃재를 털다가 실수로 담배를 떨어뜨린 것이다. 그녀의 엄마는 머리를 들고 창문을 올려다 보더니 재빨리 집으로 되돌아왔다. 물론 그녀의 방에는 담배 냄새가 채 빠지지 않은 상태였다. 그녀의 엄마는 마치 그녀의 몸에 사탄이라도 들린 것처럼 어깨를 쥐고 흔들어대면서 울

부짖었고 그 길로 그녀는 가방을 싸 들고 가출해버린 것이다.

"다시는 들어가지 않을 거야."

"늘 파이프를 입에 물고 살았던 영국 수상 처칠은 92세까지 살았고, 주례 설 때도 심지어 세수할 때도 한 손에 담배를 들고 있었다는 공초(空超) 오상순(吳相淳) 시인은 70세까지 살았고, 담배의 대명사 임어당은 82세까지 살았어. 난 담배를 끊고 싶지 않아."

나는 고개를 끄덕였다. 그리고 그녀와 비장하게 담배를 나눠 피웠다. 돈이 없어 선택한 황금색 커버의 '청자'는 너무 독했다. 머리가 핑 돌면서 음악은 더욱 아득하게 들렸고 사물은 점점 멀게만 느껴졌다. 그래도 생각만은 한 줄기로 모이는 것 같았다. 우리는 열심히 줄담배를 피워 댔지만 담배 연기는 감히 삼키지 못했다. 폐부 깊숙이 삼켰다가 내뱉는 담배 연기의 묘기는 우리에겐 아직 요원한 일이었다. 학교 앞 분식집 만두 찜기를 열었을 때처럼 사방으로 흩어지는 담배 연기를 보던 그녀가 갑자기 마돈나의 '라이크 어 버진'을 틀더니 춤을 추기 시작했다.

마릴린 먼로를 연상케 하는 외모의 마돈나는 당시 섹시 심

벌이었다. 특히 입술 위에 찍힌 점이 실룩일 때마다 얼마나 관능적이던지. 뮤직비디오가 귀하던 시절 마돈나의 뮤직비디오는 화제를 몰고 오기에 충분했다. 사원 기둥 같은 곳에 사자 한 마리가 누군가를 기다리듯 어슬렁거리고 그곳에 헝클어진 머리에 야한 화장을 한 마돈나가 배를 타고 도착한다. 그러면서 화면은 하얀 웨딩드레스를 입은 마돈나와 도발적인 옷차림의 마돈나가 교차 편집되고, 사자와 사자의 가면을 쓴 사내가 교차 편집되면서 속삭인다. 황야의 당신. 당신 앞에서 난 언제나 처녀예요.

웨딩드레스를 입은 마돈나의 얼굴을 얇은 망사의 웨딩베일이 가리고 있었다. 망사 속에 살짝 가려진 마돈나의 얼굴은 더욱 신비하고 순결해 보였다. 우리는 그 베일이 처녀막을 상징하는 것이라고 생각했다. 그리고 마돈나처럼 그 베일을 우리 스스로 걷어버리리라 다짐했다.

"빨리 처녀막이 찢어져 버렸으면 좋겠어."

내가 한 말인지 그녀가 한 말인지 알 수 없었지만 분명한 것은 이제 막 성년이 된 우리에게 스스로 걷어내야 할 베일이 너무도 많이 기다리고 있었다는 것이다. 베일 밖 모든 것은 황야

였고 사자였으며 담배 같은 것이었다. 담배 다음에 기다리고 있는 건 또 무엇이었을까. 검지와 중지 사이에 인이 잔뜩 밴 담배진처럼 지독한 연애였을까. 두려움 앞에서 우리는 늘 처녀였지만 그러나 세상은 지독하게 매혹적이고 유혹적이었다. 저 사자 가면을 쓴 사내처럼.

'아아 나는 한 마리의 사자를 길들일 때 먼저 그의 밥이 되어 줄 거예요. 그의 혀에 내 살점이 찢겨나가도 피가 흘러내려도 놈을 놓아주지 않을 거예요. 훗날 놈이 내 피 냄새와 살냄새가 그리워 다시 올 때까지. 그게 내 조련법이에요.'

그렇게 그해 봄은 담배에 불을 붙이다 머리카락을 태우거나 거꾸로 문 담배를 돌려 무는 사이에 지나갔다. 여기저기 카페를 전전하면서 모은 성냥갑 속의 유황들이 서로 머리를 맞대고 화염을 도모하는 것도 모른 채 그렇게 봄이 지나가고 있었다.

위가 4개였으면
좋겠어

술을 마실 땐 소처럼 위가 4개였으면 좋겠어.

그녀의 절박함을 조심스레 되새김질해 보고 소양처럼 우툴두툴한 또 다른 위로 그의 속내를 곱씹어도 보며 오래오래 정성스레 소화해보는 것.

그게 우리의 길고 긴 술자리였으면 좋겠어.

질겅질겅 섬유질 같은 슬픔이 내 안에 오래 머물기도 하겠지만 그래서 이 밤이 막창처럼 길고 꼬불꼬불하게 어둡기도 하겠지만.

사랑은
독이 든 사과다

어느덧 학교 담장 위에 장미가 만개하기 시작했다.

그즈음 나는 종종 장미넝쿨이 늘어진 담장에 기대보는 습관이 생겼다.

얼마나 많은 이들이 이 담장 밑에서 사랑을 했을까. 누군가는 여기서 등을 기댄 채 첫 키스를 나누었겠지. 사랑의 추억을 많이 흡수한 담장일수록 더 아름다울까. 그런 담장 아래 등을 대고 있으면 그 사랑의 파동이 전해져 나도 모르게 설레는 것 같았다.

장미꽃넝쿨이 출렁이는 담벼락 아래서 그를 기다리고 있다. 봄은 자꾸 연착됐고 그는 도착하지 않았다. 그러다 그만 그 지도를 보고 말았다. 담벼락에 실금으로 기록된 방

사형 지도를.

이십만 분의 일로 축적된 높고 낮은 구릉들. 지난밤의 설렘이 등고선으로 기록된 담벼락은 실시간 사랑을 안내하는 지도다. 천둥이나 번개가 스치고 간 샛길은 위험했지만 뒤안길마다 분홍색 꽃씨가 숨어 있다. 더듬더듬 누구의 고백일까. 담벼락은 때때로 점자로 기록된다. 눈먼 도마뱀 한 마리 점자를 읽고, 끝내 측량할 수 없는 길 하나 담을 넘어간다.

담장에서는 우-엉 우-엉 기다림의 속울음이 재생되고.

과수원 뒤편이나 잠들기 좋은 풀숲, 키스하기 좋은 지번들을 들여다보다 나는 끝내 도착하지 않는 그를 실금으로 새겨 넣었다.

　-졸시 '월담의 공식2' 전문

사랑해, 따위의 낙서가 새겨진 담벼락은 거대한 연서 같았다. 달콤한 고백들이 혈관처럼 뻗어 담장을 넘나드는 곳. 사실 사랑을 불타오르게 하는 데는 담장이 제격이다. 넘어야 할 담이 높을수록 사랑은 더 거세게 불타오르지 않던가. 내가 들은 것 중 가장 스릴 있는 사랑은 '보쌈'이다. 한밤중 담을 넘어 여자를 자루에 넣어 훔쳐 오는 것. 그때 그 담장에 장미가 만개해 있지 않았을까. 여자를 보쌈해 올 때 묶었던 밧줄이 지금 여자가 끼는 반지의 모습으로 남았다는 얘기 때문에 더 그럴듯하게 들리는 것인지도 모른다. 그러면서 막연히 생각했다. 사랑은 어쩌면 담을 넘는 것이라고. 너라는 담을.

단합대회 겸 이른 수학여행을 떠나는 날이었다. 때마침 강풍을 동반한 태풍이 북상해 날씨가 엉망이었다. 메피스토의 거대한 망토에 휩싸인 것처럼 세상이 어두컴컴했다. 밤인지 낮인지 가늠이 잘되지 않았다. 국지성 폭우가 여기저기 돌아다니며 집중호우를 퍼부었다. 5월인데도 소름이 돋을 정도로 추웠다. 우리는 비행기 출발이 하루 연기됐다는 소식에 망연히 창밖을 바라보고 있었다. 왜 아무도 집에 돌아갈 생각을 하지 못했을까. 아마도 다음날 새벽에 나와야 한다는 부담감도 작용했을 것이다. 삼삼오오 어떤 애들은 낮술을 마셨고 어떤 애들은 카페에서 죽치고 앉아 커피를 연거푸 몇 잔씩 마셨다. 또 버스 정거장 근처에 있는 동시 영화상영관으로 몰려가기도 했다.

난 동시상영관 쪽이었는데 영화를 몇 시간씩 연달아 본다는 게 그렇게 피곤할 수가 없었다. 에로영화를 한 편씩 끼워 상영했는데 판별이 안 될 정도로 확대된 육체의 특정 부위가 화면 가득 메우는 게 시각적으로 몹시 피곤했다. 게다가 평일 비바람이 몰아치는 날이었다. 영화관은 관람객보다 쥐새끼가 더 많은 듯했다. 떡 치듯 철퍼덕철퍼덕 소리가 울려 퍼질 때쯤 빠르고 불결한 물체가 발등을 휙 지나가는 느낌이라니. 누군가 비명을 질렀고 우리는 동시에 발을 들거나 의자 위로 올라갔다.

극장의 불이 켜지자 우리는 서로 낯선 얼굴을 확인했다. 유령처럼 창백한 낯빛이었다. 우리가 본 것이 에로영화인지 공포영화인지 분간이 가질 않았다. 그토록 두려워하면서도 기대감을 저버리지 못한 성(性)이란 게 어쩌면 불시에 발등을 지나가는 검은 물체처럼 불결하고, 극장 의자의 얼룩처럼 남루하게 남을 수도 있겠다는 생각이 들었다.

유난히 작고 낯설어 보이는 친구들과 함께 영화관 밖으로 나왔다. 여전히 장대비는 양철지붕 두드리는 소리를 내며 퍼부었다. 비 냄새에 섞여 어디선가 김치전 부치는 냄새가 났다. 부침개 부칠 때의 지글지글 기름이 끓는 소리가 빗소리 같아서 갑자기 허기가 몰려왔다. 마침 학교 앞 빈대떡집에는 K의 무리가 모여 막걸리를 마시고 있었다. 종일 본 대형 스크린의 잔상과 말발굽 소리처럼 몰려드는 장대비 소리 그리고 빈대떡 부치는 소리와 기름 냄새에 취해 그날따라 술이 더욱 오르는 것 같았다.

"사랑의 원형은 헌화가 아닐까. 노인이 절벽에 핀 꽃을 꺾어다 받치잖아. 절벽에 핀 꽃처럼 아슬아슬한 것, 목숨을 걸고 꽃을 꺾는 게 바로 사랑이란 거지."

태풍으로 기온이 내려갔음에도 술집 안은 후끈 달아올랐다. 뿌연 김이 서린 창밖으로 빗물이 사선으로 흘러내렸다.

"아니 정말 평지보다 비탈의 꽃들이 더 빨리 핀다고 해. 헌화가에 나오는 그 꽃이 진달래라는 설도 있고 철쭉이라는 설도 있던데 암튼 봄꽃인 모양인데. 아마도 기암절벽 사이에서 다른 꽃들보다 먼저 피어났을 거야. 일종의 위기감 때문에"

"그 얘기 들으니까 어디선가 읽은 글이 생각나. 조선왕조실록인가에 보면 경술년인가 대기근이 있었대. 당시 조선 인구 5분의 1이 굶어 죽을 정도였다지 아마. 그때 그렇게 꽃이 일시에 피어났다잖아. 관동대지진 때도 일본 전역에서 모든 꽃들이 그렇게 폭발적으로 피었다고 하던데."

막걸리가 몇 순배 더 돌았다. 말이 끊길 때마다 빗소리가 끼어들었다. 그럴 때마다 마치 노아의 방주를 타고 있는 것 같은 착각이 들었고, 홍수가 난 세상에 둥둥 떠다니는 기분이었다. 심지어 지금 우리가 방주 속에 간택되어 종족보존을 이어가야 하는 쌍쌍처럼 느껴지기도 했다.

"사실 어떤 꽃은 일조량으로 피지만 어떤 꽃은 암흑량으로 핀대. 낮보다 밤이 더 길어야 꽃이 핀대"

꽃의 개화가 사랑과 많이 닮은 것 같았다. 그러면서 잠시 나의 개화는 '일조량' 쪽일까 '암흑량' 쪽일까를 생각해보았다. 학교 담장에 피어 있던 장미부터 시작해 동시상영관에서 보았던 에로영화와 벼랑에 핀 꽃까지 사랑이 내게는 너무나 어지럽고 어렵게 느껴질 뿐이었다.

우리는 술에 취해 쌍쌍이 혹은 남자 여자 나뉘어 학교 앞 여관으로 갔다. 수학여행이 하루 연기된 그 날 밤 알게 모르게 우리는 서로의 담장을 넘었던 모양이다. 우리가 잠든 그 방의 벽에는 사랑의 담장을 넘는 신음이 몇 개의 실금으로 더 추가되었을 것이다. 이후 많은 변화가 생겼다. 깨진 커플이 생겼고 새로 커플이 된 친구들도 있었다.

그러나 가장 어처구니없는 담을 넘은 것은 J였다. 병든 닭처럼 꾸벅꾸벅 졸기만 하던 J는, 김치 순두부만 먹던 J는 본격적인 더위가 시작될 즈음 임신임을 고백했다.

"하나둘 셋 넷⋯. 숫자를 세면서 정신이 점점 희미해지는데, 정신은 희미한데 유체 이탈한 것처럼 수술기구 달각거리는 소리가 다 들리는 거야. 뭔가 긁어내는 소리. 그 수술대는 너무 치욕적이야. 고문 기구 같아. 양다리를 벌린 채 발목을 묶는 거야. 다시는 올라가고 싶지 않아."

그녀는 술이 덜 깬 사람처럼 중얼거렸다.

"이렇게 처녀를 버리고 싶지 않았는데. 정말 황당한 건 그 애가 누구의 애인지도 모른다는 거야. 술 취한 나를 누군가 겁

탈한 것 같은데. 어느 새끼인지 물어볼 수도 없잖아."

중절 수술을 마친 후 마취에서 깨어난 J의 눈에는 땀인지 눈물인지 알 수 없는 액체가 고였다. 그녀는 눈을 꼭 감았다. 이대로 잠들어 영원히 눈뜨지 않을 것만 같았다. 문득 어릴 때 읽은 동화가 떠올랐다. 그녀는 백설 공주처럼 독이 든 사과를 삼킨 것이라고. 목에 독 사과조각이 걸려 지금 악몽을 꾸고 있는 것이라고. 우리에게 사랑이란 잘못 삼키면 죽을 수도 있는 치명적인 독약일 수도 있었다. 어떤 사랑에는 그런 치사량의 독이 함유돼 있다.

J의 슬픔을 아는지 모르는지 학교 앞 담장의 장미는 그새 모두 떨어져 담장 밑을 붉게 물들였다. 나는 가만히 담장에 기대어 보았다. 담장에서 자꾸 우-엉-우-엉 속울음이 들리는 것만 같았다.

선인장

너를 찌르려는 게 아냐

선인장이 말했다.

이 가시는 방어용이야.

그랬다. 선인장의 가시는 원래 넓고 푸른 잎이었다.

하지만 사막에서 살아남기 위해 에너지 소비를 최소화하다

보니

넓은 잎이 종국엔 가시로 남았던 것이다.

그런데 그 가시를 모두 공격용으로 알고 있으니….

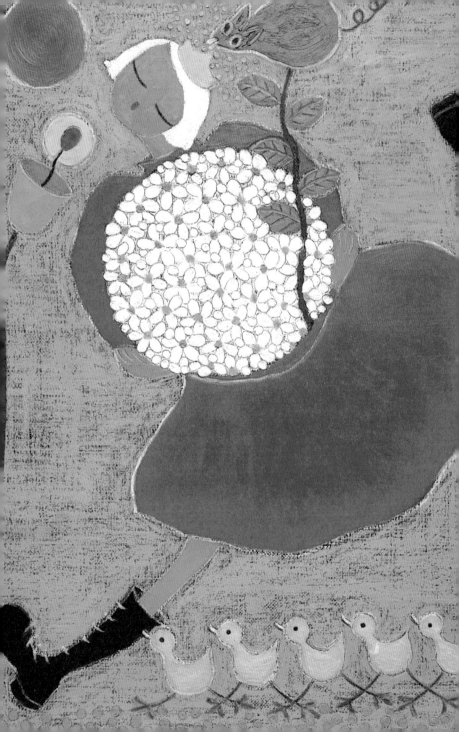

위선과
위악

　스스로 선하다고 생각하고 자신의 선함을 내세워 자신을 방어한다면 그는 위선적인 사람이다. 그에 반해 자신의 선함을 숨기고 오히려 자신의 독한 면과 단점을 드러내 자신을 방어한다면 그는 위악적인 사람이다.

　가령 적이 나타났을 때 발랑 뒤집혀 죽은 체하는 곤충과 죽을지 모르고 마지막 남은 독침을 쏘는 곤충과의 차이.

자음과 모음의
미로

1, 2학년까지는 전공을 나누지 않고 소설과 시를 공통으로 들었다. 그날은 내 소설을 강평하는 날이었다. 교수님은 지난 주 나눠준 프린트를 들고 강의실로 들어왔다. 내 소설을 교탁 위에 올려놓더니 다짜고짜 한마디씩 해보라고 했다. 강의실 엔 무거운 정적이 흘렀다. 침 넘어가는 소리까지 다 들릴 지경 이었다.

이웅평 대위 등 북한 인사들이 남한으로 넘어오면서 몇 번 돌발적인 사이렌이 울려댄 적이 있었다. '국민 여러분, 이것은 실제상황입니다'라는 긴급 대피 방송을 들은 기억을 떠올려 난 소설을 완성했다. 실제상황임을 알리는 공습경보가 울리 자 가족들이 식물인간인 아버지를 두고 피난을 떠난다는 줄 거리였다. 물론 그게 사실은 민방위훈련 사이렌 소리를 들으며 꾼 '꿈'이었시만 말이다. 그래서 제목도 '실제상황입니다.' 이었다.

교수님은 빨갛게 줄이 죽죽 그어진 내 소설을 들어 보이며 언성을 높이기 시작했다. 이마에 세줄 굵은 주름이 사납게 일그러졌다가 펴졌다.

"문학이 아무리 '개성'이라고 해도 그 개성은 보편성을 획득한 개성이어야 한다는 거지."

그러면서 내 소설은 혼자만의 비문에 갇혀 있다는 의미에서 '자폐증'적이라고 했다. 나는 '자폐증'이라는 교수의 말에 끝이 날카로운 칼로 가슴을 찔린 기분이었다. 내가 표현의 욕심을 부릴 때마다 문장은 실타래처럼 꼬였다. 지나친 수식어의 남용으로 전달하고자 했던 의미로부터 점점 멀어져갔고 난 비문과 오역 사이에서 그만 길을 잃고 말았다.

교수님은 문장이 꼬인 지점을 하나하나 짚어 주었다. '사내는 조금이라도 더 건강해지기 위해서' 라는 문장도 '건강해지기 위해서'보다는 '건강해지려고' 가 더 간결한 표현이며 '그럼에도 불구하고' 같은 표현은 번역 투의 문장이므로 될 수 있으면 사용하지 말라고 당부했다.

"가지가 많아 꽃이 지나치게 많이 피면, 열매가 조금밖에 열리지 않는 것과 같은 이치지."

그러면서 대부분 문장이 길어지는 것은 관념 때문이라며, 묘사하라고, 겨울나무처럼 간결하게 쓰라고 일러주었다. 그러나 교수님을 정말 화나게 한 것은 소설의 줄거리가 '꿈'이라는 사실이었다. 조신의 꿈도 아니고 구운몽도 아니고 이제 더는 '꿈'이 소재가 되어선 안 된다고 했다. 그것은 작가가 비겁한 거라고, 자기의 소재에 대해 정면으로 마주한 것이 아니라고 못을 박았다.

나는 마치 커다란 잘못을 저지르다 들킨 사람 같은 심정이었다. 교수님 앞에서 울음을 터트릴 뻔한 난 수업이 파하자마자 혼자 빠져나왔다. 아마도 술집으로 몰려가 수업 시간에 못다 한 이야기들을 풀어놓을 것이었다. 술이 몇 잔 돌고 나면 교수님은 탁자 위에 손가락 4개를 차례로 튕기며 어깨를 들썩일 것이다. 그리고 턱을 쑥 내밀고 공옥진의 병신춤을 출 것이다.

하지만 오늘만큼은 그 술자리를 견딜 수 없을 것 같았다. 그래서 라이터를 들고 학교 뒷산에 올랐다. 내 소설에 불을 붙였다. ㄱ 이나 ㄴ, 자음과 모음들이 화르르 검게 불타올랐고 내가 님용했던 형용사나 부사들이 이내 하얀 재가 되어 떨어졌다. 그제야 난 내 목에 걸렸던 격음을 쏟아내듯 '꺼억 꺽' 목 놓아 울 수 있었다.

저당 잡힌
청춘

멀리서 내가 소설을 불태우는 모습을 보았던지 Y와 M이 다가왔다. 내가 걱정돼서 일부러 술자리에 가지 않은 것 같았다. Y가 아무렇지도 않은 듯 말했다.

"약국에 가서 수면제를 달라고 했는데 약사가 한 점 의심도 없이 수면제를 주는 거야."

소설을 쓴다면 얼굴에 고뇌의 그림자 한 자락쯤은 드리우고 있어야 하는데, 그래서 적어도 약사가 수면제 파는 것을 거부하거나 경고의 말이라도 건넸어야 하는데 아무런 의심도 없이 그것도 가는 약국마다 주저 없이 수면제를 주었다는 사실에 Y는 절망했다는 것이다. 물론 처방전 없어도 얼마든지 약을 살 수 있던 시절이었기에 가능했지만. "난 아직도 멀었나 봐." 그런 그녀를 보며 우리는 조금 웃었다.

"사실 나도 내 시가 불탄 적 있어…."

웃으면 8개의 하얀 치아가 정갈하게 반짝이는 M이 이번엔 웃음기 없는 목소리로 말했다. 얼마 전 작가실에서 동기끼리 시 합평을 했는데 형이란 작자가 이걸 시라고 썼냐며 라이터로 불살라버렸다는 것이다. 그 이후로 시를 쓰려고 할 때마다 명치가 아프고 목구멍에 뭐가 걸린 듯 답답하다고 했다. 그러면서 Y와 M은 오늘 같은 날은 해삼이나 멍게 등 싱싱한 해산물에 소주를 마셔야 한다고 내 팔을 끌었다. 몇 번의 절망과 몇 번의 희망이 직조돼야 과연 우린 글다운 글을 쓸 수 있을까. 지금은 마치 형용사와 부사가 남발된 문장의 미로 속을 걷는 기분이었다.

"그렇다고 소설을 불태우다니… 너무 심한 거 아냐?"

M이 입을 삐죽이며 말했다.

"교수님도 말했잖아. 문학은 엄살이라며…"

언젠가 교수님이 문학은 엄살이라고 한 적이 있었다. 어원을 찾아보았더니 전체를 뜻하는 온(온 세상)과 살(뼈와 살)이 합쳐진 '온 살'이 발전한 말이 '엄살'이었다. 엄살이란 한 마디로 '온몸으로 살의 아픔을 느낀다.'는 의미였다. 임보는 이 '엄살기'가 바로 시의 출발이요 예술의 출발이라고 했다. 최초의 엄살은 울면서 태어나는 것이란다. 어떤 동물도 울면서 태어나지 않는다면서. 그러면서 제정일치 시절 사제(샤먼)가 신을 향해 내쏟는 행위도 바로 신에게 부리는 엄살이며 그 엄살이 바로 시의 출발이라고 했다. 시는 '뜻의 엄살'이요. 노래는 '소리의 엄살'이라나.

어쩌면 같은 맥락의 이야기인지 모르지만 나도 시인이나 작가는 통점이 많은 사람일 거란 생각을 갖고 있었다. 누구보다도 아픔을 느끼는 부위가 많은 사람. 누구보다 오래, 더 많이 아파하는 사람이라고. 그래서 교수님의 비판에 내가 민감하게 반응하는 것이라고.

우리는 낡은 목조건물 앞에 다다랐다. 천천히 계단을 올랐다. 몹시 좁고 가파른 계단이었다. 물론 엘리베이터 같은 것은 없었다. 덜걱마루처럼 삐걱이는 목조계단을 하염없이 오르다 숨이 턱에 걸릴 때쯤 낡고 허름한 전당포에 다다랐다.

전당포의 문은 항시 열려 있었다. 젖혀진 철문 뒤로 감옥을 연상케 하는 쇠창살이 보였고 그 너머로 검은테 안경을 쓴 노인이 신문을 보거나 하품을 하거나, 김을 후후 불며 라면을 먹

고 있곤 했다. 이곳에 대학 입학 선물로 받은 내 워크맨이, Y
의 손목시계가 저당 잡혀 있었다. 저 금고 속엔 우리의 추억이,
우리의 체온이, 아니 우리의 유예된 청춘이 보관되어 있을 것
이었다.

　M은 쪽창 앞에 14K 반지를 빼놓고 기다렸다. 노인은 확대
경으로 이곳저곳을 살피고 저울에 금의 무게를 달아본 후 전
당표와 함께 몇 푼의 돈을 건넸다. 저당 기간은 6개월이었다.
전당표와 돈을 건네받으면서 문득 글을 쓴다는 게 전당포에
드나드는 것과 비슷하다는 생각이 들었다. 이곳에 맡긴 귀중
품들은 조금씩 주인의 체온을 품고 있거나 주인의 생채기를
간직하고 있다. 차마 팔아버릴 수 없는 것들이어서 다시 찾으
러 오겠다는 생각으로 잠시 맡겼을 것이다.

　글을 쓴다는 것은 그런 체온이나 생채기를 잠시 보관해 주
는 일이 아닐까. 고단한 사람들에게 유예된 시간은 남은 삶을
지탱해 주는 힘이 될 것이기에 말이다. 그 정도면 충분하지 않
을까. 나는 천재 시인이나 천기누설을 탐하는 소설가가 되고
싶지 않았다. 난 그저 작은 생채기를 소중하게 다루는 전당포
주인 같은 작가 또는 시인이 되고 싶었을 뿐이다.

1층, 2층 사다리를 오르면

옹이가 빠진 자리에 전당포 하나 있다.

이곳에 들른 이들은 누구나 귀중품을 꺼내놓는다.

청솔모는 이리저리 추억의 더께를 가늠하고 상처의 무
게를 달아본다.

다람쥐가 가져온 도토리는 잡티가 묻어 있거나 기스가
났지만

생채기가 갖고 온 차마 버릴 수 없는 꿈들을

슬며시 그루터기 쪽으로 밀어 넣는다.

애벌레는 고온다습한 주름을 맡긴다.

사슴벌레는 부러진 더듬이를 보관하고 유예된 시간을
얻는다.

부릎켜 가득 동면에 들 수 없는 시간들.

나뭇잎이 점점 붉어지는 손바닥을 내밀자

청설모는 확대경으로 나뭇잎의 일생을 꼼꼼히 살펴본다.

숭숭 뚫린 벌레 구멍으로 기억은 점점 가물가물하지만

나무가 나뭇잎을 쉽게 버릴 수 없는 것은

나뭇잎 속에 스며든 체온 때문이다.

이곳에 제 온기를 놓고 간 이들은

건망증에 걸린 전당표가 그들의 미래를 버리고 도망가도

때때로 돌돌 말린 모습으로 여기저기 굴러다녀도

쉽게 이곳을 잊을 수 없는 것은

떨켜마다 가득한 남루한 기억 때문이다.

겨울눈으로 피어나는 저 전당표들.

-〈졸시 '청설모 전당포' 전문〉

그날, 우리는 전당포에서 교환한 돈으로 오랜만에 해삼이랑 멍게, 소라 등을 먹었다. 지나치게 단문만을 선호하는 교수님을 성토했고 건방지게 시를 불살라 버린 오만방자한 그 형을 단물이 우러나도록 씹고 또 씹었다.

돈이 다 떨어질 즈음 포장마차를 나왔다. 우리의 귀중품을 맡긴 전당포 쪽 건물을 올려다보았다. 내 워크맨을, Y의 손목시계를, M의 14K 반지를 과연 다시 찾을 수 있을까. 전당포 창문으로 상처를 꿰매는 체온 같은 불빛이 새어 나오고 있었다.

별은 흔들리면서
반짝인다

여름방학이 시작되면서 언니가 운영하는 대학로 카페에서 아르바이트를 하게 되었다. 언니 말로는 슬리퍼를 질질 끌고 밤마실을 갔다 우연히 카페를 하는 후배를 만났는데, 돈은 버는대로 조금씩 줘도 되니 맡아달라고 통사정을 해 엉겁결에 '시사랑'을 인수하게 되었다는 것이다.

5평쯤 될까. 테이블이 고작 4개인 조그만 찻집이었다. 커피는 기본이고 간단한 식사와 안주도 제공되는, 요즘 카페와는 다르게 찻집과 호프집을 넘나드는 그런 공간이었다. 상호가 '시사랑'이었다는 것도 지금 생각해보면 내 인생의 복선처럼 느껴진다. 당시 시와는 무관하다고 생각했는데 결국 난 영원히 시를 사랑해야 하는 사람이 되고 말았으니까.

문제는 '시사랑' 카페의 '물'이었다. 언니 후배가 왜 그렇게 강제로 떠넘기려 했는지 깨닫는 데는 불과 1주일도 걸리지 않았다. '시사랑'은 이름과는 다르게 시와는 전혀 무관한 사람들이 드나들었다. 창신동 양아치 1세대라고나 할까. 세련된 문화 냄새가 폴폴 풍기는 대학로 대로변으로 감히 진출하지 못한 원주민 양아치들이 어둡고 습하고 작고 구석진 뒷골목 카페 '시사랑'을 그들의 접선 장소로 이용하고 있었다.

사람들은 알까. 지금 대학로라 불리는 그 거리의 보도블록 밑으로 한때 검은 개천이 흘렀다는 것을. 청계천으로 흘러간다는 검은 도랑물은 여름이면 다리가 비틀거릴 정도의 악취를 풍겨대곤 했다. 1975년 서울대가 관악 캠퍼스로 이전하면서 일명 '세느강'이라 불리던 그 실개천은 복개되었다. 지하철 4호선이 들어선 뒤 주말이면 '차량통행금지' 거리로 조성되면서 대학로라는 이름을 얻게 되었다. 마로니에 공원 근처에 있는 문예회관 대극장과 바탕골 소극장, 샘터 파랑새 극장, 학전, 코미디 아트홀 등 연극공연장이 속속 들어서면서 검은 도랑물이 흐르던 이화동 사거리는 예술의 거리가 되었고 공원 구석구석은 거리공연장이 되었다.

지금도 가끔 그런 생각을 한다. 저 보도블록 밑으로 흐르던 검은 실개천에 빠져 본 사람은 찐득찐득한 열정을 소유하게 된다고. 어쩌면 내가 글을 쓰는 것도 어린 시절 '세느강'이라 불리던 그 찐득찐득한 도랑물 일부가 내 혈관 속으로 흘러들어왔기 때문인지도 모른다.

내가 '시사랑'에서 만난 원주민 깡패들도 자신들의 존재를 제도권 밖으로 표출하지 못하고 어두운 지하 배수관으로 흘려보낸다는 의미에서 나와 같은 동족일 수도 있었다.

아무튼 언니 후배는 동네 토박이인 언니가 카페의 적임자라 생각했을지도 모르지만 일은 만만치 않게 돌아갔다. 고층 빌딩 유리창 닦는 K, 풀빵장수 L, 갓 출소한 대학생 Y, 막노동꾼 J 등이 '시사랑'의 단골손님들이었다.

언니가 카페를 인수한 다음 날이었다. '시사랑' 문을 열자마자 낯익은 청년이 들어왔다. 둘은 잠시 서로의 얼굴을 보며 기억의 갈피를 뒤적거리는 듯했다.

"어? 누나… M 누나 아냐?"

"어, 너… Y 아니니?"

"맞아!"

"너 어릴 때 모습 그대로다, 야."

이 순간 모든 것이 결성돼버렸는지도 모른다. Y는 소년원에서 검정고시 패스 후, 대학까지 합격하였다. 그래서 감형을 받아 출소한 지 얼마 되지 않은 상태였다. 한때 한 아파트에 살았다는 이유로 언니와 갓 출소한 대학생 Y는 세월을 단박에 뛰어넘는 공감대가 형성되었다. 더불어 언니는 졸지에 그 또래 양아치들의 큰 누님이 되었다. 결론을 얘기하자면 그 또래의 양아치들까지 '시사랑'으로 몰려들게 되었다는 의미다. 군기가 빠진 형님들이 동생들을 훈계하는 곳이 '시사랑'이었으며, 갓 출소한 대학생 친구들의 청춘상담소 또한 '시사랑'이었다.

"너… H 맞지? 감히 너랑 이렇게 이야기를 주고받을 수 있다니…. 악수 한 번만 하자… 이런 영광이…."

오빠라고 자칭하는 그들은 별종의 인간처럼 보이던 내가 자신들과 같은 어둠의 무리일 수도 있다는 것에 다분히 감격하는 눈치였다. 어둠은 습기를 몰고 오는 것인가. '시사랑'은 하루가 다르게 어두워졌으며 습해졌다. 찌든 담배 냄새와 음식물 부스러기들이 종일 굴러다녔다. 이때부터 '시사랑'은 창신동 바퀴벌레들 최적의 은신처가 되었다. 벽장 구석구석 바퀴벌레들이 알을 까댈수록 손님은 줄어들었고 언니의 적자는 늘어만 갔다. 빌딩 유리창, 풀빵장수, 대학생, 막노동꾼 등은 돈 없는 날이 더 많아서 갈수록 외상이 늘어갔기 때문이다.

결국엔 가게를 내놓았지만, 소문 때문에 거래는 거의 이루어지지 않았다. 게다가 언니를 도와준다며 가게에 죽치고 있는 양아치들 때문에 다른 손님들의 발길도 끊겼다. 그럴수록 바퀴벌레들만 무섭게 증식했다. 이제 바퀴벌레를 손으로 때려잡는 것쯤은 아무 일도 아니었다. 오히려 양아치들에 대한 분노를 바퀴벌레 때려잡는 것으로 삭히고 있을 정도였다.

바퀴벌레만 보면 그 적응력에 상처 내고 싶어

3억 8천만 년 전에 출몰해

지독히 장수해온 종족이라기에

더욱 박멸을 결심하고 인정사정없이 뭉개보지만

간단히 갈색 분비물만 사정해버릴 뿐

그 모습을 고스란히 견디고 있는

저 망할 놈에겐 보드라운 속살이란 게 없나 봐.

그러다 그만 그 생각을 하고 말았네.

속,살,에,대,해,서

세상의 모든 것들은 속살을 보여준 만큼

노출 면적만큼 상처받는지도 몰라.

그래서 속살이 없는 곤충이란 놈

수억 수만 년 동안 종족보존에 성공했나 봐.

원유웅덩이에서 화산천에서

심지어 다른 종족의 살 속을 뚫고서도

악착같이 살아내는 놈들이라니….

지구가 멸망해도 잿더미에서 검은 더듬이를 흔들며

유유히 한 세기를 탈피해버릴 곤충들

속살이 많은 공룡이란 놈

바보처럼 몸피만 커다래서

한꺼번에 상처받고 일찌감치 모습을 감췄네.

애벌레에서 번데기로, 성충으로 진화할수록

말랑말랑한 속살은 퇴화돼 버린다는 걸

저 곤충들은 알고 있을까

나이 먹을수록 이유 없이 비만해져 가는

내 속살의 비밀을,

–졸시 '속살에 대한 명상' 전문

　날이 어둑해지면 '시사랑'의 어두운 조명 아래 바퀴벌레처럼 그들이 모여들었다. 그날은 초저녁부터 빌딩 유리창, 풀빵장수, 대학생, 막노동꾼이 술판을 벌였고, 옆 테이블에서는 이방인처럼 전혀 분위기가 다른 곱슬머리 중년 사내가 혼자 맥주잔을 기울이고 있었다. 턴테이블에서 정태춘의 '북한강에서'가 흘러나왔지만, 음악에 귀를 기울이는 사람은 아무도 없었다.

　"형, 그러니까 오늘은 외상값 좀 갚아. 일 있을 때 갚아야지."

　"새꺄, 니가 참견할 일이 아니라니까."

　언니는 혼자 온 곱슬머리 중년 사내와 얘기 중이었다. 곱슬머리는 집이 이 근처이며 작곡가라고 했다. 혼자 서울에 와 있다며 영어와 한국어를 섞어 더듬더듬 얘기하고 있었다. 그때였다.

　"이 개자식 보자 보자 했더니… 니가 여기 기둥서방이라도 돼? 새꺄!"

그 순간 빌딩 유리창이 목소리를 높이다가 바지 주머니에서 꽤 많은 지폐를 꺼내더니 반으로 쭉 찢어 카페 바닥으로 내던졌다. 순간 카페가 조용해졌다. 정태춘의 '북한강에서'가 박은옥의 '봉숭아'로 넘어가고 있는데도 카페는 정적이 흘렀다.

"쓰고 싶으면 붙여서 써!"

빌딩 유리창은 매서운 눈으로 좌중을 한 번 휘둘러보더니 입가에 보일 듯 말 듯 비웃음 같은 미소를 머금었다. 뺀질뺀질하면서도 건조한 그의 모습이 바퀴벌레처럼 상처받을 속살도 피도 없어 보였다. 뭉그러질지라도 갈색 분비물만 찍 갈긴 채 다시 어둠 속으로 유유히 사라질 것만 같은 모습이었다. 그때였다. 언니가 벌떡 일어나 지폐를 찢어버린 빌딩 유리창의 멱살을 잡았다. 풀빵 장수가 빌딩 유리창을 뒤에서 껴안았고, 대학생이 언니를 말렸다. 막노동꾼이 카페 바닥에 흩어진 돈을 주웠다. 곱슬머리는 갑자기 선명하게 한국어로 내게 말했다.

"경찰을 불러요!"

어이없는 이 상황에 어쩌자고 눈물이 쏟아지는 것인지. 엄마와 아버지의 몸싸움. 그동안 무수히 보아왔던 몸싸움들과는 또 다른 아픔이 엄습해왔다. 난 화장실로 달려가 문을 걸어

잠근 채 꺼이꺼이 목 놓아 울었다. 아직도 상처받을 속살이 많이 남아 있었던 것일까.

눈물을 닦고 밖으로 나오니 '시사랑' 간판이 기력이 쇠한 노인처럼 깜박이고 있었다. 간판 등이 수명을 다한 모양이었다. 하늘을 보니 '시사랑' 간판과는 대조적으로 별빛이 유난히 반짝이고 있었다. 별빛이 반짝이는 건 공기 입자의 떨림 때문이라던데. 그래서 바람이 심하게 불수록, 대기 입자가 심하게 흔들릴수록 별빛이 더욱 반짝인다던데.

한 줄기 바람이 불었다. 나는 경찰을 불러야겠다고 생각하며 다시 '시사랑' 카페로 들어갔다.

제
4
부

내
첫
사
랑
은
비
포
장
도
로
였
다

드라큘라 같은
사랑을 하고 싶다

사실 나도 그런 사랑 한번 해보고 싶었다. 드라큘라 같은 사랑. 흉가 같은 사랑. 죽음도 갈라놓을 수 없는 사랑. 찬 이슬 내린 창가, 망토 휘날리며 찾아오는 불륜 같은 창백한 사랑.

숙명의 송곳니에 끊임없이 물어뜯길 수 있다면, 그렇게 피투성이로 단 한 번만 사랑할 수 있다면. 그러면 내 가슴에 말뚝이 박혀도 좋을 텐데. 흡혈귀. 내 사랑.

나뭇가지는
새의 무게만큼 휘어진다

M이 입대한 남자친구의 면회에 동행해달라고 했다. 딱히 할 일도 없었던 난 그녀와 비포장길을 달려 면회실에 도착했다.

잠시 외출 나온 그녀의 남자친구는 몹시 서두르는 모습이었다. 차 안에서도 M의 허리를 잡고 있었으며 애정표현을 서슴지 않았다. 나는 그들의 모습을 보며 배에서 회충이 요동치는 것처럼 자꾸 속이 메슥거렸다. 밤꽃 향기를 풍겨대는 늦은 봄밤의 열기가 그들 몸에서 아지랑이처럼 피어오르는 듯했다. M 남자친구의 굵은 허벅지가 군복에서 터져 나올 듯 팽팽한 모습을 볼 때도 입덧을 하는 것처럼 헛구역질이 났다.

M은 구멍가게 플라스틱 의자에 나를 앉혀 놓고는 잠시 기다리라며 남자친구와 사라졌다. 소읍은 뽀얀 흙먼지 속에 유배된 듯했다. 간간이 군용 지프가 먼지를 일으키며 지나갔고

곳곳에 군장을 달아주는 가게와 쌍화탕에 계란을 넣어 팔 것 같은 다방들이 흙먼지를 뒤집어쓴 채 있었다. 낡은 여인숙 간판만이 유난히 생기를 띠는 동네였다.

30분 정도 시간이 흐른 후 조금 흐트러진 모습으로 다시 나타난 M은 멋쩍게 웃었다.

"뭐야, 그새 잤어?"

"응…그럴까 봐 같이 오자고 한 건데….'

"좋았어?"

"응."

"어떤 느낌이야?"

"화이트 아웃 같은 거….'

"오르가슴?"

"응."

"어떤데?"

"글쎄… 어쨌든 나도 모르게 허리가 자꾸 꺾였어."

오르가슴이란 '허리가 꺾이는 거'라는 알쏭달쏭한 말만 남긴 채 M은 늙은 여자처럼 허허로운 눈빛으로 먼 산을 응시했다. 갑자기 여자란 오르가슴을 느끼기 전과 후가 달라지는 것

이 아닌가 하는 생각이 들 정도였다. 그녀와 나 사이가 저 강
과 강 너머 기슭처럼 멀게만 느껴졌다.

등이 휘어질 때 난 알았다.

휘어지는 건 그리움이란 걸

당신에게 조금 더 기울고 싶은 몸짓이란 걸.

저마다 어디론가 휘어지는 시간

오이의 등이 휘어지고 있었다.

호박넝쿨이 휘어지며 땅 위를 기어가고

골목길이 휘어져

집으로 가는 길들이 자꾸 휘어지고 있었다.

이미 마른 지 오래인 개골창에선

휘어진 바람의 허리가 다시 한번 휘어졌고

수 세기 지하에선 지상의 방향으로

화석들의 등뼈가 휘어졌다.

새 한 마리 날아가자

나뭇가지는 새의 무게만큼 휘어지고 있었다.

저녁 강은 산허리를 휘감으며 휘돌아 흐르고 있었고, 그 휘어진 강물을 석양이 다시 휘감으며 붉게 물들이고 있었다. 오솔길은 마을 쪽으로 휘어진 채 달려가다 다시 한번 허리를 꺾으며 집으로 이어졌다. 팔각지붕 처마의 양 끝은 하늘을 향해 살짝 휘어져 있었고 그 마당에선 기다림으로 허리가 꼬부라진 할머니가 꼬부랑 지팡이를 들고 서 있었다. 아, 그리운 것들은 모두 휘어져 있었다. 그리움의 능선은 휘어지고 또 휘어지며 아득한 능선을 오르고 있었다.

모든 남자는
원래 여자였다

　이 외로움은 결혼 정년기가 되어서일까? 정녕 가임기의 생리적 현상일까? 난 골다공증에 걸린 것처럼 휘청이고 있었다. 세상엔 왜 남성, 아니면, 여성 두 가지 성밖에 없단 말인가! 아니 남성 아니면 여성 두 가지 성으로 인간을 창조한 신의 의도는 무엇이란 말인가?

　이런 생각을 나만 한 것은 아닌 모양이었다. 문득 어렸을 적에 본 '마징가Z'이라는 만화가 떠올랐다. 흑백텔레비전이 막 도입될 때 방영된 만화였다. 지구정복을 꿈꾸는 헬 박사가 무시무시한 로봇을 끌고 지구로 쳐들어오지만 매번 마징가Z에게 패한다는 줄거리다. 그런데 난 주인공인 '마징가Z' 보다는 '아수라 백작'이 더 흥미로웠다. 반은 남자고 반은 여자인 '아수라 백작'이 롱코트 자락을 휘날리며 양성적인 이중 목소리로 명령을 내리는 모습에는 카리스마가 넘쳤다. 헬 박사가 고대 미케네 유적지에서 미라 부부를 발견, 각각 상태가 좋은 반쪽을 붙여 만들었다는 '아수라 백작'은 비록 악당이었지만 대단한 능력자였다.

그런데 아무래도 '아수라 백작'의 원형은 향연에서 나온 듯하다.

향연에 보면 최초의 인간은 지금처럼 남성, 여성의 성 분화가 명확하지 않았던 모양이다. 남성, 여성, 그리고 양성의 인간이 혼재해 있었고, 모든 것이 둥글어서 손도 발도 네 개씩 달려 급하면 촉수 많은 벌레처럼 손과 발을 동원해 굴러가기도 했단다. 그중 양성을 가진 인간은 지나치게 똑똑하고 야심적이어서 마침내 신을 공격할 지경이 되었다. 위협을 느낀 제우스는 이 둥그런 인간을 반으로 갈라놓았다. 동그란 몸집을 잘라내고 팔도 다리도 늘렸다. 지금의 배꼽은 그때 반쪽을 잘라내고 꿰맨 증거라나.

몸이 반으로 나뉜 인간은 온 시간을 반쪽을 그리워하는 데 소모했다. 아무 반쪽이나 보면 서로 얼싸안고 붙어 떨어지질 않은 채 굶어 죽었다. 고민에 빠진 제우스는 인간의 음부를 앞에다 옮겨 놓았다. 그래서 남녀는 자연스레 포옹하게 되었고 생식 작용을 통해 자식을 낳을 수 있게 되었단다. 그러면서 사랑이란 인간이 결합하여 최초의 몸을 되찾으려는 것이라나.

사랑이 최초의 몸을 되찾으려는 시도라니…그래서 인간은 운명적으로 나머지 한쪽을 그리워하며 사는 것일까.

그런데 얼마 전 황당한 다큐를 보았다.

인간은 23쌍의 염색 중 22쌍의 일반 상염색체와 1쌍의 성염색체를 갖는데 XX로 여성, XY로 남성이 결정된다는 것은 널리 알려진 사실이다.

그런데 BBC에서 제작한 다큐에서는 조금 색다른 사례를 소개하고 있었다. 잰 존슨은 키가 185cm의 건강한 여성 육상 선수였다. 대학에서 해부학 수업을 듣던 그녀는 20살이 넘도록 생리를 하지 않는 것이 이상해 검사를 했다. 그런데 놀라운 사실을 확인할 수 있었다. 외모는 여자였지만 남성 염색체인 XY를 보유하고 있어서 생리를 하지 않은 것이었다.

남성과 여성을 구분 짓는 것이 SRY라는 유전자인데, 이 SRY는 태아가 6주쯤 되었을 때 작동한다. SRY가 작동하면 고환에서 남성 호르몬이 분비되면서 남성적인 특징들을 갖게 된다. 그런데 잰 존슨은 SRY 유전자를 갖고 있는데도 왜 남자가 되지 못했는가. 테스토스테론이란 남성 호르몬에 반응하지 않았기 때문에 여성이 되었다는 것이다.

그러면서 성이 분화되기 전 태아 초기 상태는 여성이며, 테스토르테론에 반응하지 못하면 태아는 초기 상태인 여성을 계속 유지하게 된다는 것이었다. 그러면서 남성이란 '호르몬 분비로 인해 여성이 변형된 것'이라고 주장하고 있었다.

성염색체가 하나도 없다든가 성염색체 하나가 없으면 사내가 아니라 계집애가 된다는 것은 커다란 충격이었습니다. 성경이 근본적으로 틀렸다는 말입니다. 여성이 남성의 갈비뼈에서 나온 것이 아닙니다. 그 반대입니다. 아담이 이브의 갈비뼈에서 나왔습니다. 남성이 여성이 변형된 형태입니다.

—존 번(미국 뉴캐슬대학 임상유전학 교수)

그 증거로 젖꼭지를 들었다. 남성의 몸에 젖꼭지가 남아 있는 것은, 이 젖꼭지가 임신 초기, 태아의 테스토스테론이 분비되기 전에 형성된 것이기 때문이라나.

BBC의 다큐를 보며 내 성적인 자존감이 조금 세워지긴 했다. 모든 인간은 여성으로 태어나며 여성의 변형이 남성이라는 사실이 조금 위로가 되었지만, 그러나 그 시절, 알 수 없는 성적 열등감과 함께 가슴 기슭에서부터 살얼음이 끼는 듯한 외로움은 어쩔 수 없었다.

자웅동체까지는 아니더라도 필요에 따라 수시로 성을 전환하면서 살 수 있으면 좋겠다는 생각도 했다. 한 20년은 남자로, 한 20년은 여자로 그렇게 남성과 여성을 오가며 살 수는 없을까. 오징어나 굴처럼 말이다.

드렁허리라는 물고기는 모두 암컷으로 태어나지만 40cm 이상 성장하면 대부분 수컷으로 성전환을 한다. 반대로 감성돔은 태어날 때는 모두 수컷이지만 성어가 되면 대부분 암컷이 된다. 심지어 흰 동가리는 암컷이 죽으면 남아 있는 수컷 중에서 덩치가 크고 실한 놈이 암컷으로 성전환을 한다. 그렇게 성을 수시로 전환하며 살면 안 되는 것일까. 그러면 성비의 불균형으로 생기는 문제도 해결될 수 있을 텐데 말이다.

동상이몽의
이불을 덮고

만날 사람도 없는데 눈이나 확, 쏟아져버렸으면 좋겠어요.

세상의 길이 모두 막혀버렸으면 좋겠어요.

모든 애인의 손이 얼어버렸으면 좋겠어요.

오늘 술 마시는 사람은 하얀 눈 위에 붉은 찌꺼기를 마구 게

워낼 거에요.

오래전 애인이여

오늘 혹 전화를 하면 받을지도 몰라요

그래도 만나지는 않을래요.

독설 같은 눈이나 확, 내려버렸으면 좋겠어요.

뵈메는 신이 세상을 창조한 목적을 만물의 형태에 새겨넣

었다고 믿었다. 내가 당신에게 끌렸던 것은 당신을 만나야 했

던 단서가 당신의 외모에 새겨져 있었기 때문인지도 모른다. 그런데 내겐 왜 그런 사람이 나타나지 않는 것이냐며, 올 겨울 엔 세상의 예쁜 동기들이 모두 얼어 죽어버렸으면 좋겠다고 혼자 투덜거리던 즈음 뜻하지 않은 기회가 찾아왔다.

대학로의 건널목에서였다. 첫눈이 내릴 것처럼 꾸물꾸물했 다. 그날따라 신호가 더 긴 듯했다. 나는 왼손으로 몇 번 머리 를 쓸어올렸다. 그때마다 누군가 옆에서 지켜보는 듯했지만 나는 무심하게 신호등을 응시했다. 아현동에서 하차해 학교 까지 걸어갈 때도 눈치채지 못했다. 어떤 남자가 계속 내 뒤를 따라오고 있다는 것을.

"저 잠시만요…."

남자는 프랑스 배우 같은 인상이었다. 그리 큰 키는 아니었 지만 조금 긴 머리를 자연스럽게 이마 뒤로 쓸어넘기고 있었 는데 동글한 이마가 반듯해 보였다.

"그 초록 반지…."

나는 왼손 중지에 끼고 있는 반지를 보았다. 엄지손톱만 한 초록색 알반지가 보였다.

"제가 초록색을 좋아해서요….."

남자는 서양화가 전공이었는데 그날 순전히 내 초록반지를 보고 쫓아왔다고 했다. 남자는 당시 300호 정도의 졸업작품을 준비 중이었다. 허리가 막 꺾이는 순간을 포착해 넘어지는 사람들을 그리고 있었다. 그런데 넘어지는 사람들의 그림자가 한결같이 개구리였다. 초록색이 주조를 이룬 신비하면서도 메시지가 강한 그림이었다. 사실 그 그림에 반했는지도 모른다.

남자의 화실은 반지하였는데 꽤 넓었다. 이젤 위에는 작업 중인 그림이 놓여 있었고 표구가 된 그림들이 벽에 아무렇게나 세워져 있었다. 섬세하게 묘사된 연필소묘 몇 점이 눈에 띄었다. 4B연필과 붓들이 나뉘어 각각 컵에 꽂혀 있었다. 팔레트 대신 커다란 접시에 다양한 색상의 물감들이 두툼하게 굳어 있었다.

내켜 하지 않는 남자를 졸라 의자에 앉았다. 내 초상화를 그려달라기 위함이었다. 남자는 잠시 연필을 들고 한쪽 눈으로 가늠하며 스케치를 하는 듯했다. 몇 분이 흘렀을까. 눈으로 내 몸을 더듬던 남자가 약간 이상하게 느껴지기 시작했다. 혈기

왕성한 20대 남자의 터질 듯한 욕망이 나를 투사하는 느낌이라니. 그 느낌이 뜨거워질수록 오히려 내 몸은 파충류처럼 차갑게 식었다.

여자는 '사랑하는 사람과 섹스를 하고, 남자는 섹스하는 사람을 사랑한다.'고 했던가. 남자의 사랑은 100도에서 시작해 서서히 식어 가지만 여자의 사랑은 50도에서 시작해 100도로 서서히 끓는다는 말도 있다. 남녀는 사랑에서도 비등점의 시간이 다르고 온도도 다르다. 이 엇갈림의 온도 때문에 종종 비극의 연인들이 탄생한다.

그러나 그와 헤어지게 된 결정적 이유는 지극히 사소한 것이었다. 부끄러운 고백이지만 손톱을 다듬는 줄칼 때문이었다. 난 줄칼은 눕혀서 사용하는 것이라 주장했고 남자는 세워서 쓰는 것이라고 주장했다. 물론 이전에 쌓였던 감정이 있었을 것이다. 그러나 표면적인 이유는 줄칼 때문이었다. 줄칼을 눕혀 쓰든 세워 쓰든 그게 무어 그리 중요하다고. 그러나 생각해보니 손가락을 아래로 향하면 줄칼을 눕혀서 사용하는 게 맞고 손가락을 세우면 줄칼을 세우는 게 맞았다.

그런 의미에서 사랑이란 새로운 습관을 만나는 것인지도

모른다. 줄칼은 우리의 서로 다른 관점이었고 서로 다른 습관이었다. 20대의 난 새로운 습관을 수용하고 포용할 만큼 관용적이지 못했던 것이다.

남자의 뇌는 1,325g 여자의 뇌는 1,144g으로 남자가 약 100g이 더 무겁다. 앞에서 얘기했듯 염색체로 보면 44개의 성염색체 중 고작 X염색체 하나가 다를 뿐인데 왜 그토록 다를까.

남녀란 몸은 하나지만 머리는 두 개 달린 상상 속의 뱀 안피스베나와 같다는 생각이 들었다. 가령 배가 고파 먹이를 구하러 갈 때도 각자 먹고 싶은 것이 달랐을 테고, 그러니 먹이를 구하러 가는 길도 다를 수밖에 없었을 텐데. 좌로 갈지 우로 갈지 싸우다가 때때로 끼니를 놓치기도 했을 것이다.

그러다 가시덤불이라도 만나면 동시에 비명을 지르지 않았을까. 그런 의미에서 제우스는 너무 잔인하다. 서로 다른 방향과 생각을 하나의 육체에 묶어 놓다니. 남녀야말로 동상이몽의 안피스베나가 아닐까.

우린 허리가 붙은 샴쌍둥이었다

암수 한몸이 지루한 싸움을 끝내고

자궁 밖으로 기어 나왔다

시퍼렇게 독이 올랐으므로

몹시도 배가 고픈 햇빛은

펄렁펄렁 비늘을 달고

어디로 헤엄쳐가는 것일까

환장할 것처럼 흐드러진 꽃밭인데

그는 자꾸 목이 마르다고만 했다

어쩌다 들어선 가시덤불에선

아프다 아프다고

한 목소리로 비명을 지르기도 했지만

토막 내버려도

금세 다시 붙어 고개 쳐드는

동상이몽同床異夢의 저 징그러운 대가리들

핏빛 사타구니에서

신기루 같은 알들이 깨어나기도 했다

아침인 듯 저녁놀이 번져오는 강변에서

함께 건너야 할 물살이

갈대밭 무성한 무릎을 꺾고 있는 동안

우린 슬픈 절지동물이어서

무성생식을 꿈꾸는 저 신작로들

–졸시 '안피스베나' 전문

변절

트렌스지방은 식물성 기름이 동물성으로 변한 지방이다. 한마디로 변절한 지방이다. 액체인 식물성 기름에 수소를 첨가하면 고체인 동물성으로 변하는데 문제는 이 트렌스지방과 식물성지방의 화학구조가 동일해 차이를 쉽게 구별해낼 수 없다.

분명한 것은 녹는 점이 달라졌다는 것.

너에 대한 내 마음의 온도, 화해의 온도가 달라졌다는 것.

그런 면에서 트렌스지방이란 냉담해진 지방. 겉으로는 멀쩡하지만 속은 자꾸 무감각해지는 거. 덤덤해지는 거. 냉담해지는 거. 너에 대한 체감 온도가 달라지는 거. 융점이 달라지는 거.

변절이 별거인가. 너에 대한 반응점이 달라지는 거지.

머리를
밀다

그 시절 죽음이란 맨홀 같은 것이었다. 인디언 인형처럼 옆의 친구가 갑자기 사라져도 몰랐다.

1월에 서울대 3학년 박종철이 남영동 대공분실에서 고문을 받다 사망했다. 피의자가 아니라 참고인 신분이었다는데. 조사 협조인을 불법 체포한 것도 모자라 수배 중인 선배의 행방을 대라며 얼마나 심하게 취조를 했던지 기도가 막혀 질식사한 것이다.

최루탄은 점점 치사량에 가까울 만큼 독해졌고 신촌 일대는 황사 대신 최루탄에 뿌옇게 휩싸였다. 그해 봄은 그렇게 호송차처럼 우리 곁을 지나갔다. 난 호송 당하는 죄수처럼 흩날리는 꽃잎을 원망스럽게 바라보았다. 수직으로 꽂히는 햇살도 햇빛 창살일 뿐이었다. 세상이 내게는 그저 거대한 무언극처럼 보일 뿐이었다.

정치 사회적으로 혼란스럽자 문학은 더욱 저항적이 되었
다. 선배들은 문학은 사회의 체온계 같은 것이라고 했다. 문학
은 저항이라고 했고 시대와의 갈등이라고도 했다. 시대를 반
영하지 않는 문학은 죽은 문학이라고 했다. 특히 우리들이 주
로 읽은 것은 노동자 출신의 박노해나 백무산의 시 같은 것이
었다. 광주민주화운동을 다룬 홍희담의 〈깃발〉이나 윤정모의
〈밤길〉, 최윤의 〈저기 소리 없이 한 점 꽃잎이 지고〉 같은 소
설이었다. 친한 친구는 금서였던 제주 4.3 사건을 다룬 〈한라
산〉을 몰래 복사해 읽기도 했다.

불교에 훈습이란 말이 있다. 내 행동이나 생각이 휘발되는
것이 아니라 냄새가 옷에 배어들 듯 서서히 스며 그 사람의 인
생에 영향을 준다는 것이다. 그 시절의 최루탄, 눈물, 만연했
던 구호, 그 시절에 가장 많이 사용했던 단어, 가장 많이 했던
행동들이 우리 몸속에 그리고 삶 속에 배어 지금까지 지속적
으로 영향을 주고 있겠지.

오정희의 문체나 김승옥의 안개에 매료되어 있었던 나는,
이성복의 〈뒹구는 돌은 언제 잠 깨는가〉에서 벗어나지 못했

고 최승자의 시에서 놓여나지 못했다. 시대의식이 투철한 친구들을 만나면 괜히 주눅이 들었고 알 수 없는 죄의식에 시달리기도 했다. 분명한 것은 그 시절 우리의 젊음은 너무 비장했고 남루했고 시대에 대한 강박이 심했다는 것이다. 나는 그 강박이 고정관념으로 석회화되는 것이 두려웠다. 발레리나가 힘을 주면 오히려 발목을 다치는 것처럼 강박은 오히려 정신의 골절을 가져올 수도 있다. 아니 강박을 이완시켜 주는 것이 오히려 문학이나 예술이 아닐까.

　　빙어는 강박증 환자처럼 육각형의 기억에 갇혀 있다. 빙하시대만 기억하고 있다. 제가 무슨 독야 청정, 대단한 선비라도 되는 양, 1급수에만 몸 담그고 한 조각의 빙산으로 조용조용 헤엄치는 너. 그러다 공룡마저 멸종한 듯한 괴괴한 적막감에 덥석 물어버린 낚시 바늘. 긴 나무젓가락에 모가지를 채여 초고추장에 머리가 처박히는 순간 모든 저항능력을 상실해버리는 너. 빙어야 이제 네 안의 빙산을 풀어 놓으렴. 고정관념 따윈 육각형으로 다 분해시켜 버리렴. 빙어야. 이 환자야.

　내가 쓰는 글이 주어보다는 형용사나 부사가 되기를. 월러스 스티븐스의 말처럼 '남의 생을 대신 살아주는 것이 아니라 남에게 그의 인생을 살게 해주는 것'. 그래서 때론 톱밥 난로에서 나오는 따뜻한 온기처럼 잠시나마 굳은 손을 녹여주는 것. 그랬으면 좋겠다는 생각에는 지금도 변함이 없다.

　그날 나는 충동적으로 머리를 밀었다. 가장 허름해 보이는 미용실에서였다.

　"후회하지 않겠어요?"

　미용사는 내게 몇 번이나 물었다. 나는 괜찮다고 머리를 강하게 저으며 내 굳은 결심을 확인시켜주었다. 그래도 미심쩍었던 미용사는 파르라니 머리를 밀지 못하고 약간 스포츠형으로 잔털 같은 머리칼을 남겨두었다.

　머리를 민 다음 날 아버지가 버리려고 둔 운동화를 항공모함처럼 질질 끌고 친구가 사준 무릎까지 내려오는 티셔츠에 통이 헐렁한 고무줄 바지를 입고 나왔다. 강의실은 늘 뒷자리부터 찼다. 출석만 부르고 슬그머니 도망쳐나가려는 친구들이 먼저와 뒷자리부터 채우기 때문이다. 재수 없으면 맨 앞자리에 앉아야 했다. 특히 지각일 때는. 그날은 학과 교수의 수업이라 대리 출석도 불가능했다.

많이 늦긴 했지만 난 용기를 내서 강의실 뒷문을 열었다. 그런데 생각보다 문 열리는 소리가 크게 울렸다. 일제히 뒤를 돌아보는 눈들. 이럴 땐 미안한 표정보다는 차라리 뻔뻔한 표정이 나으리라 생각하며 저벅저벅 걸어 들어갔다. 예상대로 맨 앞자리 외에는 몇 개 자리가 없었다. 칠판에 뭔가를 쓰던 교수님이 정색한 표정으로 고개를 돌렸다. 그리고 나를 보더니 손가락으로 가리키며 너, 너, 머리가… 그러면서 갑자기 숨이 넘어가도록 웃어젖히는 것이었다. 그러자 친구들도 따라서 웃기 시작했다. 난 귀까지 빨개진 얼굴로 서둘러 맨 앞자리에 앉았다.

며칠 후 6.10일 호헌조치가 발표되었다. 거세지는 불길에 기름을 부은 꼴이었다. 박종철의 죽음과 호헌조치에 분노하며 학생들이 거리로 뛰쳐나왔다. 그런데 이번엔 연세대 이한열이 뒤통수에 최루탄인 SY-44탄을 맞아 사망하고 말았다. 서울을 비롯한 전국의 도시는 밤낮을 가리지 않고 시위와 최루탄이 범벅 된 채 하루도 조용할 날이 없었다. '호헌철폐 독재타도'를 외치며 서울역 광장에서 시청 광화문, 신촌에 이르기까지 사람들이 홍수를 이루었다. 자동차들은 지나가며 경적을 울리며 동참했고 승객들은 흰 손수건을 흔들면서 지지를 보내주었다.

이듬해 있을 1988년 올림픽을 행여 망칠까 봐 정부는 6월 29일 민정당 대통령 후보 노태우를 통해 대통령 직선제 개헌, 김대중 사면복권 등 민주화 요구를 반영한 8개 항목의 시국수습방안을 내놓기에 이른다. 이른바 6.29선언이었다.

그날 신촌 일대와 아현동은 사람들의 물결로 버스가 다닐 수 없었다. 할 수 없이 난 아현동에서 대학로까지 걸어서 집에 갔다. 곳곳에 '오늘은 기쁜 날'이라는 환영 문구가 유리창에 나붙었다. 오늘만큼은 손님들에게 무료로 커피나 맥주를 공짜로 제공하겠다고 했다. 거리마다 사람들의 인파로 가득했다. 땀과 눈물로 범벅이 된 시민들의 함성이 마치 깃발처럼 세상을 흔들고 있었다. 소리가 깃발이 되어 만장처럼 하늘을 뒤덮고 있었다.

인어공주와
사이렌

3학년 여름방학을 안성에서 보냈다. 친구가 혼자 사는 여류 소설가를 소개해주었기 때문이다. 여류 소설가는 친척의 별장을 관리해주면서 작품을 쓰고 있었다.

짐이 많아서 택시를 타고 갔는데, 차 한 대가 간신히 지나다닐 수 있을 만큼 길이 좁았다. 쥐똥나무나 개나리 나무처럼 키 작은 울타리 나무들이 차창에 부딪혀 쉬윅 쉭 소리를 냈다. 그 골목 끝에 단층 양옥이 있었다.

그녀는 생머리를 하나로 묶고 안경을 쓰고 있었다. 화장기 하나 없는 얼굴이 왠지 우울해 보였다. 현관문을 들어서자 마루를 사이에 두고 방 두 칸이 마주 보고 있었다. 거실의 유리문 너머로 정원이 훤히 보였다. 통나무로 만든 앉은뱅이 탁자도 보였다. 그녀는 방 2개 중 작은 방을 쓰라고 했다. 가끔 손님이 묵는 방이라고 했다.

짐을 대충 정리한 후 우리는 만남을 기념하기 위해 소주를 마셨다. 늘 혼자 있던 그녀에게 난 그럭저럭 말벗도 될 수 있는 손님인 듯했다. 적요함을 비집고 간간이 뻐꾸기 울음소리가 들려왔다. 찌르라미, 매미, 이름을 알 수 없는 풀벌레들이 목청을 돋우며 울어제꼈지만 그 소리가 고요함을 더해주는 듯했다. 소, 소쩍, 소 소쩍. 두견이 목구멍으로 꿀꺽꿀꺽 피를 삼키며 토해내는 듯한 울음소리도 들렸다.

거실 탁자에 앉아서 자세히 보니 창틀에 청개구리 새끼 몇 마리가 붙어 있었다. 손가락 한 마디 정도 되는 조그만 개구리였다.

"거실문을 닫아야겠어요. 안 그러면 저 불청객이 방까지 들어와 잘못하다간 우리 엉덩이 밑에 깔려 즉사 할 수도 있어요"

청개구리는 이번엔 유리창에 접착하는 액세서리 모양 네 발을 창에 붙이고는 헐떡헐떡 숨을 쉬었다. 하얀 배가 부풀어 오르다 꺼지는 모양이 그대로 보였다. 조는 듯 게슴치레한 눈을 뜨고 있던 개구리들은 어둠이 내리자 마치 흑진주를 박아 놓은 것처럼 초롱해 졌다. 나는 장난을 칠 셈으로 창가로 다가갔다. 그러자 파충류 특유의 둘둘 말린 혓바닥을 날름 내밀었다. 나는 잠시 멈칫했다. 그 모습을 보고 소설가 언니가 말했다.

"저렇게 앉아 있다 모기나 날벌레들이 불빛을 보고 날아오면 잡아먹어요. 정원에 습기가 많아 개구리들이 많이 살아요."

빈속에 들어부은 깡소주와 피곤함 탓인지 벌써 혀가 꼬이기 시작했다. 풀벌레 소리가 주는 편안함도 있었을 것이다.

"언니, 글을 계속 써야 할지 아니면 취직을 해야 할지 고민이에요. 아니면 선이라도 봐서 확 결혼할까 봐요. 재능도 없는 글 주무르기보다는"

소설가 언니는 술이 센 듯했다. 외로움이 묻어나는 목소리로 조금은 엉뚱한 대답을 했다.

"여자에겐 인어공주와 에코, 사이렌. 이 3가지의 길이 있는 것 같아요. 난 일찌감치 인어공주나 에코의 길은 버렸어요"

인어공주는 사랑하는 남자에게 다가가기 위해 자신의 아름다운 목소리를 다리와 바꿨다는 것이다. 목소리가 자의식의 상징이라면, 다리는 성기의 상징이란 말이 일견 그럴듯해 보였다. 인어공주는 성기는 얻었으나 자의식을 잃어 물거품이 되었다는 것이다.

그에 비해 에코는 인어공주와는 반대로 목소리만 남은 슬픈 여인이다. 제우스의 부인인 헤라의 저주를 받아 다른 사람이 한 말의 마지막 말만 따라 할 수 있게 된 것이다. 훗날 에코는 나르키소스를 사랑하게 되었지만, 자신의 마음을 전할 수가 없었다. 상사병에 걸린 그녀는 야위고 야위어 결국 목소리만 남았다고 한다. 그것도 남의 말만 따라 할 수 있는 목소리만.

그런데 절벽과 암초에 둘러싸인 섬에서 사는 사이렌은 매우 아름답지만 치명적인 노랫소리로 뱃사람들을 유혹했다. 얼마나 신비하고 유혹적이었는지 그 노래에 홀린 선원들은 뱃머리를 사이렌의 섬 쪽으로 돌렸다가 배가 좌초되어 목숨을 잃거나 스스로 물에 뛰어들어 죽음에 이르렀다고 한다. 현재 경보음을 내는 사이렌은 여기서 유래됐다나.

인생에서 백마 탄 왕자 따위는 없으며 백설공주의 사과에 독이 들어 있다는 것쯤은 나도 이미 알고 있었다. 그런데 이 이야기가 새삼 내게 어떻게 살 것인가? 질문을 던지는 것 같았다.

목소리를 잃는 것이야말로 사상의 억압이고 분서갱유가 아니던가. 목소리를 버리고 여성기를 얻은 인어공주는 물거품이 되고, 목소리만 남은 에코는 남의 말만 따라하며 평생 표절 속에서 살고, 사이렌은 제 목소리로 선원들의 의식을 지배하며 살아간다.

　소설가 언니의 그 얘기는 마치 결혼을 해서 아이를 낳고 남편에 의지해 살아갈 것인지, 아니면 취직을 해서 적당히 현실과 타협하며 살아갈 것인지, 아니면 작가로 작품 활동을 하면서 주체적 인간으로 살아갈 것인지 묻고 있는 것만 같았다.

　난 세상에 나갈 자신이 없었다. 세상이란 내게 호랑이 떼가 득실대는 곳이고 양귀자의 말을 빌리면 지옥의 유황불이 타는 곳이었다. 엄마가 고생하는 것을 생각하면 취직을 하는 것이 순서였지만 사실 작품에 대한 미련도 버릴 수 없었다. 그러나 글이란 그즈음 내겐 내려가다 중간에 물려버린 지퍼 같았다. 삐죽 튀어나온 속옷이 끼어 움쩍달싹도 하지 않았다. 난 심각한 결정장애를 앓고 있었다. 이렇게 살 수도 죽을 수도 없는데 청춘이 가고 있었다.

엄마가 더 좋니, 아빠가 더 좋니?

내 좌익과 우익은 그렇게 시작됐다.

똥통 밑에선

"빨간 손 줄까, 파란 손 줄까"

엄마는 밤새 돌아오지 않았다

고갯마루마다 배고픈 껄떡 귀신

"떡 하나 주면 안 잡아먹지" 엉버티고 있었다.

대문 밖 세상은

위장한 호랑이의 발톱 같은 것이었고

산다는 건 조만간 부서질 대문 같은 것이어서

어쩌면 난 당산나무를 오르기 시작했는지도 모른다.

새 동아줄 줄까, 헌 동아줄 줄까...

삭정이마다 목을 맨 소원들

형형색색으로 펄럭이고

이따금 외마디 비명 같은 밧줄이 늘어져 있기도 했던.

수많은 별은 이루지 못한 소원이어서

밤마다 더욱 찬란해져 갔다.

좌우를 두리번거리며 오르는 껄떡고개.

아직도 집에 도착하지 못한 내 어머니

꼬부랑 길을 막고 물어본다.

아가야 금도끼 줄까, 은도끼 줄까.

–졸시 '껄떡고개' 전문

이력서

제가 사장님이라면 입사지원서를 들고 있는 이들에게 손바닥을 펴보라 할 것입니다. 졸졸졸 흘러가는 실개천에 버들치를 몇 마리나 놓아 기르는지 가재나 옆새우에게 얼마나 많은 집을 내주었는지 찬찬히 살펴볼 것입니다. 때로 폭포를 차고 힘차게 거슬러 올라가던 산천어 한 마리 수천 갈래의 손금을 흔들고. 강이 허리를 비틀 때마다 융기되는 삼각주. 그 비옥함의 내력도 더듬어 본 후에 주먹을 쥐어보라 할 것입니다. 우뚝 솟아 있는 네 봉우리에 너설 자국들. 그 딱쟁이들을 검지로 지그시 눌러 볼 것이며 산등성이를 개간한 따비밭과 손등을 달리고 있는 산맥을, 그 등고선의 폭과 경사도 꼼꼼히 가늠해 볼 것입니다. 제가 사장님이라면 뜨거운 강줄기가 손과 손을 건너 얼마나 힘차게 합류하는지 옹이 진 살과 살이 맞닿아 얼마

나 따뜻하게 맥박 뛰는지 살펴본 후 가장 고온다습한 손을 채용할 것입니다.

나는 외로운
정전기였다

4학년이 되자 동기들이 하나둘 강의실에서 빠져나가기 시작했다. 조기 취업을 한 친구도 있었고 선배와 눈이 맞아 동거하거나 결혼한 친구도 있었다. 안성에서 완성한 소설을 여기저기 투고했지만, 세상의 모든 문은 굳게 닫힌 채 나를 받아주지 않았다. 난 반 포기 상태가 되었다.

대신 자기소개서를 쓰고 여기저기 이력서를 넣었다. 학력이 화려한 것도 아니고 나를 증명해줄 만한 자격증도 없었다. 그 흔한 상 하나도 받지 못한 내 이력서와 자기소개서는 반 페이지를 넘지 못했다.

그날도 이력서를 내고 버스에 오르려는 데 손잡이에서 따딱, 정전기가 일었다. 정전기靜電氣란 조용한 전기란 뜻 아닌가. 있는 듯 없는 듯 포복하고 있는 내 모습이 문득 정전기와 다를 바 없다는 생각이 들었다. 죽은 것처럼 잠복해 있다 마찰의 순간에나 화들짝 모습을 드러내는.

전선에서 이탈한 전기. 길 잃은 전기. 불량전기. 세상 어디에도 전도되지 못한 채 고작 전봇대 주변을 서성이는 유령 같은 전기. 그러다 이따금 접촉의 기회가 오면 나, 여기 있어, 성급한 불꽃으로 모습을 드러내는.

내 청춘은 외로운 정전기가 되어 지하철역이나 시장통, 익명의 외투 자락에 숨어 짜릿한 통정이나 꿈꾸며 공기 속을 떠돌고 있을 뿐이었다.

내 안에
남자가 하나 생겼다

연애에도 취직에도 계속 실패하면서 부정맥처럼 가슴이 뛰고 손이 떨리는 증상이 생겼다. 아무리 먹어도 허기가 졌고 아랫배를 쓰다듬을 때마다 혹 같은 게 만져지는 듯한 것이 심상치 않았다. 골반도 아프고 소변도 자주 마려운 것이 아무래도 자궁에 이상이 생긴 듯했다. 아직 결혼도 못 했는데 자궁에 이상이 생겼으면 어쩌지 하는 불안감에 떨면서도 감히 산부인과에 갈 엄두도 못 내고 있었다.

동의보감에서는 '통즉불통通則不通' 즉 '통하면 아프지 않다.'고 했다. 건강하다는 것은 '통'하는 상태, 즉 내 몸과 세상이 나를 중심으로 막힘이 없는 상태라는 것이다. 반대로 아프다는 건 곧 어딘가 막혔다는 것이다. 즉 불통不通의 상태가 곧 병이라는 이야기다.

어떤 병이든 몸으로 드러나기 마련이다. 과거와 현재 습관이 낱낱이 기록된 곳이 몸이며 그 습관의 지층이 곧 병일 것이기에 말이다. 어쩌면 내가 가장 외면했던, 또는 가장 미워했던 신체의 한 부위에서 질병이 시작되는지도 모른다. 내 몸이지만 나랑 소통을 거부한. 그런데 하필 그곳이 자궁이라니. 그 불통의 지점이 자궁이라니.

내 안에 남성이 하나 생겼다.

염증이었던 그가 조금씩 모습을 드러내는 것일까.
완치되지 못한 염증이나 상처가
끝내 악성이 되는 것일까.

바람이 한 트럭씩 몰려다니던 거리
그 방은 늘 겨울이었다.
주전자가 끓어오르고 있었지만
창틀에는 서리꽃이 만발했다.
왕성한 햇빛 하나 예각으로 찾아들면

화들짝 꽃몽오리가 터지기도 했지만

안과 밖의 심한 기온 차로

수증기 같은 눈물만 뚝뚝 흘리던

그러므로 단단한 이 상처는

채 피지 못한 꽃몽오리다.

오래된 비명이다.

너를 향한 내 몸과 마음의 불화不和이다.

섬유질 같은 슬픔이

끝내 근육질로 몸 바꿔버린 임계지역에서

지금 변심한 애인 하나 잠들어 있다.

  - 졸시 '자궁근종' 전문

  그러자 내가 가장 많이 상처를 주었을 것 같은 그 화가 지망
생이 떠올랐다. 뜨거웠던 몸을 함부로 냉각시켜버린 죄, 스스
로 욕망을 외면한 죄. 꾹꾹 안으로 삼켰던 욕정이 혹시 돌연변
이를 일으킨 것은 아닐까.

'시대마다 그 시대의 고유한 질병이 있다'고 한다. 특정 사회 구조 속에서 사람들이 동일한 스트레스에 노출되다 보면 동일한 질병을 앓을 수도 있을 것 같았다. 나아가 어쩌면 삶의 방식도 그 특정 질병의 '번식'과 '생존' 구조를 닮을 수 있을 것 같았다. 아니 질병이 사회구조를 닮아가는 것일 수도 있을 것이다. 그렇다면 혹시 내 병도 내가 몸담은 시대에 영향을 받은 것은 아닐까?

나는 에이즈, 광우병 등이 출몰하고 암이 창궐한 시대에 대학교를 다녔다. 꼭 그 탓은 아니겠지만 학교는 휴교 중일 때가 많았고 충격적 사건들도 많았다. '탁 치니 억하고 죽었다'는 '박종철 고문치사사건'을 비롯해 30만 제주도민 중 7만이 학살됐다는 '한라산 필화사건', 연세대 학생이 죽은 '이한열 최루탄 사망사건', '6월 민주항쟁', 그리고 '6·29 선언' 등을 숨 가쁘게 겪어야 했다.

굳이 변명하자면 암처럼 사회적 변절과 변형이 생존전략처럼 자리 잡아가던 시대였으므로 나도 모르게 내 생각도 몸도 모두 암의 속성을 닮아가고 있었던 것인지도 모른다. 암이란 내 안의 지극히 정상적인 세포 하나가 변심해 돌연변이를 일으킨

병이 아니던가. 저 혼자 살겠다고 이곳저곳 변이를 일으키는.

내가 도망쳐 온 남자1, 남자2, 남자3이여! 내가 변심했다면 내가 변심한 게 아니라 시대 탓이었노라고. 내 연애는 변절과 변종의 시대를 통과하던 통과의례였노라고.

아, 당신의 비난 소리가 들린다. 아니다. 아닌 거, 나도 안다. 내가 치졸했다. 시절이 하 수상하긴 했지만, 피아식별하지 못했던 내가 문제였다.

내 병은 다행히 악성이 아니었다. 대신 나는 내 삶의 태도를 반영하는 다른 병을 얻었다. 갑상선기능항진증. 외부세균을 공격해야 할 항체가 갑상선을 적으로 오인해 공격해 생기는 병이다. 한마디로 피아식별이 안 돼 아군이 아군을 사살하는 '자살골' 같은 병이었다.

내가 아군인지 모르고 사살했던 남자1, 남자2, 남자3이여, 내가 미워했던 가족과 친구들이여! 당신들은 적군이 아니라 아군이었던 모양이다. 나는 피아식별이 안 되는 병에 걸려 그토록 오래 당신들을 미워했다. 메티마졸을 복용하면 이 병을 고칠 수 있을까. 정말 죄송하고 죄송하다. 적군인 줄 알았던 아버지여. 이제는 떠나버린 J, K, L 이여!

검은 양복을
빌려드립니다

비탈길 위에 사는 여자는 웬만한 이별 따윈 비탈길 아래서
끝낸다.

혈관종에 걸린 종아리처럼 울퉁불퉁한 비탈길이 곧추서 있
고, 벼랑이나 암벽 위에 집들이 아슬아슬하게 매달려 있는 곳.
그중 가장 침침한 불빛이 새 나오는 곳이 우리 집이었다.

난 비탈길 입구에서 그대들을 떠나보냈다. 눈빛에 웅덩이
가 고인 할머니들이 자신처럼 가벼워진 연탄재를 들고 대문
을 나서거나, 알콜중독자나 상이군인이 목줄 없는 개처럼 어
슬렁거리는 동네에 대해, 관절염으로 삐거덕거리는 정자에
대해 설명하기 힘들어서였다.

비탈길 아래서 사진기로 함께 호두를 까먹었던 H, 홀트 아

동복지회 아기를 둘러업고 만났던 C, 허구한 날 함께 낮술을 마시다 나 몰래 요절한 M…그리고 무수한 A, N. F여…. 비탈길 입구에서 그대들을 떠나보냈음을 용서해주시라.

비탈은 일어서고 싶은 길.
아침에 내리막이었던 길이 저녁이면 다시 오르막이 되는 길이란 것을.

비탈길 위에 사는 여자는 웬만해선 자신의 비탈을 보여주지 않는다.
당시 나는 연애 중이었는데, 대부분의 커플이 그렇듯 내 남자친구도 나를 집 앞까지 바래다주길 원했다. 하지만 나는 비탈길 밑의 이 골목 저 골목을 전전하다 남자친구를 돌려보내고는 했다.
그런데 그날따라 비탈 입구에서 하이힐의 굽이 똑 부러져버렸다. 남자친구는 돌멩이를 찾아 뒷굽을 박기 시작했고 나는 그 모습을 물끄러미 바라보았다.
그때 비스듬히 서 있는 양복점이 눈에 들어왔다. 상반신만 있는 마네킹은 미완의 예복을 차려입고 있었다. 그리고 가슴 팍에 큼직하게 쓴 글씨를 매달고 있었다. '검은 양복을 빌려드립니다.' 마치 가봉 중인 내 인생 같았다. 나도 이제 예복이 필요한 나이가 된 것일까?

그러나 예복에는 상복도 포함돼 있다는 것을 그때는 미처 몰랐다.

결혼이란 비로소 하나의 예복을 입는 일이고 나이를 먹는 것은 그 예복의 용도가 조금씩 변경되는 일이란 것을. 그렇다면 '예복'이 완성되는 날이 바로 죽음의 순간일까.

바람도 한 번쯤 숨을 고르는 비탈길에

양복점 하나 기우뚱거리고 있었네.

그 앞에서 나는 첫 키스를 나누었네.

벼랑 끝에 사는 여자와 연애하는 게

어떤 느낌인지 물어보지 못한 채

걸핏하면 달아나는 구두 굽에 대해서만 이야기했네.

그때 반쯤 가봉된 목소리로

검,은,양,복,을,빌,려,드,립,니,다

은밀하게 속삭이는 목소리가 들렸네.

생각해보니 그때 검은 양복을 빌리지 말았어야 했네.

어느덧 장롱 속에 부음이 하나둘 걸리고

결혼 예복이었던 양복이, 상복이 되는 시간

아직도 걸핏하면 양복은 가봉 중이네.

헐거워진 시침질을 풀었다 되감았다

시접을 몇 번이나 고친 것은

보일 수 없는 부분이 점점 많아져서네.

어느새 검은 양복은 관혼상제의 길을 가고

나는 생로병사의 길을 가네.

저당 잡힌 일생이

실밥으로 나풀거리네.

　　-졸시 '검은 양복을 빌려드립니다' 전문

난 내 구두 굽을 고쳐 준 남자친구를 망연히 바라보았다.
왠지 이 남자와 결혼할 것 같은 예감이었다.

막다른 그리움

나이가 들면 고층 옥상에서 내려다보듯 그렇게 인생이 한 눈에 조감 될 줄 알았어요. 누군가를 더는 그리워하지 않을 줄 알았어요. 뜨거운 미역국에 헛바닥을 데는 일 따윈 없을 줄 알았어요. 그런데 여전히 마음은 설설 끓고 목구멍은 따갑기만 합니다.

실업자인 난 친구를 기다리며 인사동 이 골목 저 골목을 헤매고 있었어요. 골목이란 묘해서 길이 끝난 것만 같은 데 가까이 가서 보면 숨은 길이 휘돌아져 이어지곤 했어요. 그 끝이 어딜까 궁금해 시간이 가는 줄도 모르고 골목을 쫓아다녔습니다. 모퉁이쯤에 남루한 가로등 하나씩 서 있었고 리어커들이 바퀴를 세운 채 묶여 있곤 했습니다. 돌출된 시멘트 쓰레기통 옆에는 민들레가 철없이 웃고 있었고 낡은 담벼락엔 '파출부 쓰실 분, 하실 분' 부터 철 지난 영화 포스터들까지 덕지덕지 붙어 있었습니다. 문득 산다는 게 저 담벼락처럼 제 얼굴에 저마다의 사연을 덧칠해대는 일은 아닐까? 라는 생각이 들었습니다. 산다는 게 참 남루하고 삼류 영화의 포스터처럼 통속적이네요.

그런데 나, 어쩌다 골목을 헤매고 있는 것일까요?

그동안 나, 대로大路만 꿈꿔왔나 봐요. 4차선 혹은 8차선에서 속도만을 생각하며 달려왔나 봐요. 그러다 큰길에서 밀려나 나, 어쩌면 지금 어두운 골목의 한 갈림목에 서 있는지도 모르겠어요. 그런데 자세히 살펴보니 '대로'라는 것이 온통 지시와 명령의 기호뿐이더군요. 직진, 좌회전, 우회전, 유턴, 속도제한…. 앞만 보고 전력 질주한 이 길이, 온갖 신호체계 속에서 그 기호의 명령에 따라 달려온 시간이었다니.

그러다 어느 날 문득 골목길에서 내 지난날의 속도를 반추해보게 된 것이지요 골목은 대로에서 빠져나온 샛길. 대로에서 이탈된 외로운 길. 그 길을 구불구불 천천히 걸으며 비로소 제 지난날을 돌아보게 되었습니다. 지금 내가 걷는 이 길은 이정표도 없는 길. 오직 기억에 의지해 가야만 하는 길. '구수한 밥 냄새가 흘러다니고, 분리 수거되지 않은 추억'이 툭툭 말을 걸어오기도 하는 길. 그래서 골목은 그토록 꼬불꼬불 한 것일까요?

이 글은 내 '꼬부랑 번지수'에요.

나. 어쩌면 이제 다시는 대로로 나갈 수 없을지도 모르겠어요.

큰길에서 밀려난 채 어두운 골목의 끝자락에 서 있어야 할지도 모르겠어요. 하지만 골목 어딘가에 마지막 번지수인 내 집이 있고, 희미한 가로등 불 및 같은 사람들이 기다리고 있겠죠? 당신은 나의 막다른 그리움이에요.

흐르는 눈물은 닦지 마라

2021년 9월 22일 초판 1쇄 발행

지은이 조연희
펴낸이 김상현, 최세현 **경영고문** 박시형

편집인 정법안
책임편집 정법안 **디자인** 임동렬
마케팅 권금숙, 양근모, 양봉호, 임지윤, 이주형, 신하은, 유미정
디지털콘텐츠 김명래 **경영지원** 김현우, 문경국
해외기획 우정민, 배혜림
펴낸곳 (주)쌤앤파커스 **출판신고** 2006년 9월 25일 제406-2006-000210호
주소 서울시 마포구 월드컵북로 396 누리꿈스퀘어 비즈니스타워 18층
전화 02-6712-9800 **팩스** 02-6712-9810 **이메일** info@smpk.kr

© 조연희 (저작권자와 맺은 특약에 따라 검인을 생략합니다)
ISBN 979-11-6534-404-7 (03810)

쌤앤파커스(Sam&Parkers)는 독자 여러분의 책에 관한 아이디어와 원고 투고를 설레는 마음으로 기다리고 있습니다. 책으로 엮기를 원하는 아이디어가 있으신 분은 이메일 book@smpk.kr로 간단한 개요와 취지, 연락처 등을 보내주세요. 머뭇거리지 말고 문을 두드리세요. 길이 열립니다.